養老孟司
YORO Takeshi

ヒトの壁

933

新潮社

まえがき

人生を顧みて、時々思うことだが、私の人生は、はたして世間様のお役に立ったのだろうか。

徹底的に疑わしい。

医学を志したはずなのに、患者さんの苦痛を救い、命を救う努力は一切せず、解剖学という、もはや手の施しようもない、手遅れの患者さんしか診てこなかった。

趣味は昆虫採集、たかが虫ケラをいくら丁寧に調べてみたところで、世間のお役に立つはずがない。

閻魔《えんま》様の前に出て、なにか人様のためになることをしたか、と訊かれたら、なにもした覚えはありません、と正直に答えるしかない。

なぜそんなことを気にするのか。現在の私はほぼ物書き業だが、どうした具合か、八十歳を過ぎてから「世のため人のため」という台詞をつぶやくことが多くなった気がする。小学校二年生で終戦、その後の世間は高度経済成長、私のすることとはまったく無関係に、あれよあれよという間に世の中はひたすら変化していった。「世のため人のため」と言っても、なにが「世のため」でなにが「人のため」なのか、さっぱりわからない。価値観の変化などと言うは易いが、言われる方にしてみれば、「じゃあ、どうすりゃいいんだよ」のままで八十年の歳月を、なんとなく無為に過ごしてきたという思いが先立つ。

それでも教育勅語の「一旦緩急アレハ義勇公ニ奉シ」をいつの間にか覚えてしまっており、いまだに忘れていない。最初に就職したのが昭和四十二（1967）年、東京大学医学部助手としてだった。当時国立大学助手は国家公務員だったから、ある日教授に呼ばれて、事務室に行って来いと言われた。事務室で国家公務員の宣誓というのをした覚えがある。宣誓の内容は紙に書いてあったはずで、それを声に出して読んだだけである。

その後大学紛争で、何度も「一旦緩急」あったはずだが、あまり「公ニ奉シ」た覚えはない。「公ニ奉シ」の続きは「以テ天壌無窮ノ皇運ヲ扶翼スヘシ」だったから、意味がよくわからなかった。

私が中学・高校を過ごした栄光学園は当時横須賀市田浦にあり、イエズス会の経営で、校長、副校長、訓育主任（教頭にあたるか）はいずれもドイツ人の神父さん、イエズス会士だった。場所は長浦港の旧海軍水雷学校跡地で、現在は自衛隊の基地に戻って、学園自体は鎌倉市内に引っ越している。

私の時代の校長はグスタフ・フォス先生で、入学した日には新入生の名前を全部記憶済み、顔は写真で覚えていて、「何々君」と呼びかけることができるという暇な人だったから、教育一筋、しかもスパルタ教育で、戦後の平和と民主主義教育なんてどこ吹く風、たぶん校長自身が育てられたヒットラー・ユーゲントの時代の雰囲気を、戦後日本にそのまま持ち込んだのではないかと疑われるような教育だった。

毎週月曜日の朝は朝礼で、校長があまり上手とは言えない日本語で訓示をする。今でも一つだけ覚えているのは、「自ら反《かえり》みて縮《なお》ければ、千萬人と雖《いえど》も吾往《ゆ》かん」と孟子を引用して話したことで、ドイツ人の校長でも孟子なんか読むんだと思ったせいで、記憶に残ってしまったらしい。なにしろ私の名前は孟子から採ったものだからである。

フォス校長は比較的若くして亡くなられたが、いくつか記憶しているのは、積極的に社会活動をやりなさいと同窓会にもはっぱをかけたことで、たしかにキリスト教社会では社会活動に熱心な人が多いように思う。日本ではクリスチャンだった中村哲さんが典型であろう。栄光学園の当時の教育目標は「良き社会人を養成する」だったから、自ら反みると、その教育方針におよそそぐわない生徒だったという気がする。

こういう思い出を書くのは、既述のように、私は社会活動に背を向けていたという思いがあるからである。学生運動もシンパではあったが、活動自体はしていない。フォス校長は「良いことは人に知られないようにやりなさい」と言っていた。つまり悪いことと同じだなあ、と思った。同好の士を集めて何かするというのは、昆虫同好会だけだった。党派に属すること自体が嫌いだったからである。

新型ウィルスに翻弄されはじめたのが令和二（2020）年の春ごろ、その後、心筋梗塞を患った。その年の六月末に体調がどうも悪いので検査をと東大病院に久しぶりに出かけたら、即入院となった。心筋梗塞という診断で、ステントを入れて、療養中が暇だったのを、新潮社編集者の足立真穂さんに目を付けられた。何しろ、基礎疾患ありの高齢者に対しては、誰もが気を遣ってくれるので、会いにくるようなことはないのである。不要不急なことはするなというし、ステイホームしかない。コロナや五輪に関する文章を書いた。それがしばしば雑誌『新潮』の連載になり、朝日新聞への寄稿になり、この本になったのである。そもそも老人は暇なもので、それにコロナが拍車をかけた。

病気とコロナで確かに時間はできたが、さて書き始めると、書くべきことがあまりない。現役の時代なら、仕事の中でさまざまな問題を抱えて、いくらでも言うことがあったという気がするが、いまはそういう「問題」がない。こうなったからにはやけくそである。退院後、やけくそ度は上がった。不要不急人生ここにあり。

猫のまるのことを心配してくれた方も多かった。永らくの眠りについたことが共同通信で配信されると、ニュースになったことにも驚いたが、弔電までいただいて、こちらが恐縮している。

コロナとワクチンと五輪、そしてまるのことを通して、いろいろ考えさせられた。いくつも「壁」本を書いてきたが、まだまだ考えるべき壁はあるようだ。

ヒトの壁　目次

1　人生は不要不急か

この非常時に何事か

新型コロナウィルスの問題が生じ、関連する報道が盛んになって、まず印象に残ったのは「不要不急」だった。妻と娘は外出制限で不要不急の脂肪がついたという。

私は八十歳を超え、当然だが公職はない。この年齢の人なら、非常事態であろうがなかろうが、家にこもって、あまり外には出ない。出る必要がない。今の私の人生自体が、思えば不要不急である。年寄りのひがみと言えばそれだけのことだ。相模原市の障害者施設で十九人を殺害した犯人なら、そういう存在について、どう言うだろうか。

この不要不急は、実は若い頃から私の悩みだった。不要は不用に通じる。大学の医学部に入って臨床医になれば、その問題はない。医療がどれほど役に立つか、コロナの状況を見ればわかる。医療崩壊と言われるほど病院の現場は大変で、不要不急どころの騒ぎではなくなった。医療は世界的に現代の社会的必要の最たるものだ。

学生時代からそれはわかっていた。母は開業医で、私に医学部への進学を勧めた。時代がどうなっても、医療の腕があれば仕事があって食べていける。それが関東大震災を経験し、夫を亡くした状況下で戦中・戦後を生き抜いた母の本音だった。だから私は医学部に進学し、当時の制度で義務付けられていた一年間のインターンも済ませた。その段階で自分の専門分野を選ぶことになる。

ところが本人の気持ちが決まらない。国家試験に合格、医師免許も取得した。しかしインターン生活を通して明瞭に理解したことがある。それは、責任をもって患者さんを診ることなど、まだ自分には到底できない、ということだった。

それなら勉強を続けなければならない。だから大学院に進むつもりで精神科を志望した。当時の精神科の大学院は入試がなく、でも志望者が定員より多いから、代わりにクジを引けという。いまなら文部科学省がうるさくて、そんな気楽な選抜は許されないであろう。私は実はクジが嫌いである。人生自体がクジみたいなものなのに、その上またクジを引けというのか。ともあれ仕方がないからクジを引いたら、案の定はずれだった。

そこで考え直した。要するに自分はまだ勉強が足りない。それなら医学のいちばんの基礎とされていた解剖学から学び直そうか。それで解剖学、正確には第一基礎医学の大学院を受験し、めでたく合格した。ここは定員不足のくせに、入試はちゃんとあった。面白いもんですな。

こうした状況をいま思えば、要するに私は社会的に未成熟だったのである。自立して世間に出ていく。そういう当たり前の自信が欠けていた。大学院は四年間、無事に博士論文を提出して、医学博士の学位を得た。一度も浪人も休学もせず、正規の過程を経て、それですでに二十九歳、ふつうに他の学部を出ていれば、就職して七年目ということになる。世の中への出遅れもいいところではないか。幸い教室のポストに空きがあって、そのまま解剖学教室助手として採用された。お国から初めて給料をもらえる立場になり、なんとか社会的に自立した、と思った。

ところが就職一年目の終わりに、例の大学紛争が起こった。ヘルメットにゲバ棒、覆面の学生たちが二十人ほど押しかけてきて「この非常時になにごとか」と研究室を追い出された。大学封鎖といわれた状況である。研究室のある建物に入れなくなってしまった。お前の仕事なんか、要するに不要不急だろ、と実力行使されたのである。私が不要不急に敏感になった理由をおわかりいただけるだろうか。

紛争が終わっても、気持ちの中に問題は残った。学問研究にはどういう意味があるのか。学生たちはそれを問いかけただけで、やがていなくなったが、私の中にその問題が残されてしまった。自分は解剖学をやっているが、それにはどういう意味があるのか。私の著作を読んでくださった人は、その気持ちが所々に表れているのに気づかれたかもしれない。

同業者にそれを言っても、それは哲学でしょ、そんなことを考える暇があったら、解剖学の勉強をしなさい、と言われるだけである。解剖学の意味を尋ねるのは、ふつうは解剖学とは見なされないからである。解剖学以外の医学関係の人に尋ねたら、解剖なんて杉田玄白でしょ、今さらやることがあるの、と言われてしまう。

そこでやっと気が付く。自分のやることなんだから、すべては自分で考えるしかないんだな。

俺の仕事って要らないんじゃないのか

後年、夏目漱石のロンドン留学の話を知った。漱石はロンドンで文学論を勉強しようと思ったらしい。でも講義を聴いても、さっぱり参考にならない。お国からお金をもらって留学しているのに、成果が上がったとは、とても思えない。悩んで、神経衰弱のうわさが立ったと言われている。留学の終わりごろになって気づく。文学論は教えてもらうものではない。自分でつくるものだ、と。漱石はそこではじめて自立した。私はそう感じて、漱石でもそうだったかと感動した。だから漱石の創作活動は留学以後から始まる。

なぜ自立の話なのか。不要不急は自分のことではない。そのモノサシは周囲、つまり世間という状況にある。自立しなければ世間に流されてしまう。それはそれでいいけれど、それでは学問を志す意味がない。私が学問を志した意味がない。私が就職した当時は高度経済成長期で、大学教員の給与は相対的に低かった。全共闘の学生たちは、私の研究を不要不急と見なした。それはそれで仕方がない。とりあえずそんなものは要らないよ。そう言われたって、返す言葉がない。じゃあどうするかって、耐えるしかない。どうして耐えることができたかというと、当たり前だが、いずれは事態が「正常」に戻ると確信していたからである。戻らなかったら、どうか。そこにも自立の問題が関わってくる。なんでもいい。やろうと思ったことをするだけである。

緊急事態下でも勤務せざるをえない仕事がある。医療はもちろんそうである。その医療の世界で、私は常に不要不急を感じていた。俺の仕事って、結局は要らないんじゃないのか。たまたま機会があって、小泉内閣に入閣する以前の竹中平蔵氏と会う機会があった。私は経済にはまったくの音痴だったから、自分の給料を支払ってくれているのはだれか、という疑問を持っていた。直接にはそれは税金だが、その税金の分は、だれが実質的に生み出してくれているのか。

解剖学で遺体を解剖していても、お金にならないことは間違いない。だから竹中さんにそれを尋ねた。そうしたら竹中さんはたちどころに何業が何パーセントと、実体経済で各業種が占める割合を数字で語ってくれた。なんとも頭のいい人で、素人の私は感激した。もちろん無知だったから、経済とは実体経済に他ならない、と勝手に信じていた。金融経済と対比される、製品やサービスに対価を支払うといった、実体を伴う経済のことである。竹中さんはその私のバカ頭からの質問をきちんと理解してくれたのであろう。もっとも日本のＧＤＰの六割弱が個人消費だ、などという余計なことは教えてくれなかったと思う。

自分の仕事は基本的には不要不急ではないか。ともあれその疑問は、たえず付きまとっていた。ただそれは自分だけの問題ではなく、世間と私の仕事との関係性だということは、どうやらわかり始めていた。世間がどういう仕事を私に要求し、他方、私はどういう仕事をしたいと思っているのか、その両者にどこまで一致点があるのか。その一致があまりない。それに気が付いた時、私は大学を辞する決心をした。その後は一瀉千里《いっしゃせんり》、いわば別の人生に近いものを送ることになった。

人は本来、不要不急

ここでコロナの問題に戻ろう。ウィルスにも不要不急はあるのか。

寄生虫は宿主が死なないように配慮している。寄生虫が宿主にとって致命的になるのは矛盾である。なぜなら宿主の死は自分の死を意味するからである。寄生虫が致命的になるのは、宿主を間違えた場合が多い。寄生虫ほどに「高等な」生きものになると、宿主を生かさず殺さず状態にして、自己と子孫の保全を図る。ウィルスの場合も最終的には似たことになるに違いない。ヒトは適当に感染し、適当に治癒《ちゆ》する。これならウィルスはヒト集団の中で生き続ける。ヒト集団を滅ぼしてしまっては、共倒れになってしまう。「新しい」ウィルスとは、新たにヒト集団に登場し、そこに適応していくまでの過程にあるウィルスである。コロナもやがてそうなるはずで、薬剤が開発され、多くのヒトが免疫を持ち、一種の共生関係が生じて、いわば不要不急の安定状態に入る。

ヒトとウィルスの、不要不急の関係がいかに深いか、それはヒトゲノムの解析が進んでわかったことである。ヒトゲノムの四割がウィルス由来だとする報告を読んだことがある。その四割がどのような機能を持つか、ほとんどまったく不明である。むしろゲノムの中で明瞭な機能が知られている部分は、全体の二パーセント足らずに過ぎない。つまりヒトゲノムをとっても、そのほとんどが不要不急である。それはジャンクDNAと呼ばれている。ジャンクの方が量的にはむしろ大半を占める。そういうことであれば、要であり、急であることが、生物学的には例外ではないのか。ジャンクDNAについても、遺伝情報を担うという枠の中では機能がない。しかし別の枠組みの機能があっても、何の不思議もない。

コロナ問題は、現代人の人生に関する根源的な問いを、いくつか浮かび上がらせた。不要不急という言葉一つをとっても、さまざまな意味合いを含む。右の内容は、この言葉から私が連想したことを述べただけで、政治家が言う不要不急と関係がないことはわかっている。さらに現在、要であり急である仕事に携わる人には、不適切な発言と思われる可能性さえある。しかし人生は本来、不要不急ではないか。ついそう考えてしまう。老いるとはそういうことかもしれない。

ウィルスの大きさでヒトを見てみたら？

コロナ問題について、ウィルスの大きさから考えてみよう。

テレビ放送では、ニュースの初めにコロナウィルスの電子顕微鏡写真が映されることが多い。多くの人がその映像を見慣れたと思う。では訊くとしよう。ウィルスがあの大きさで見える倍率の顕微鏡で、アナウンサーを見たら、どのくらいの大きさになるだろうか。

私の概算では、百万メートル、千キロの桁《けた》に達する。とうていテレビの画面にウィルスと一緒に映せたものではない。ところが画面では、ウィルスとアナウンサーが当然のように同居している。大げさなようだが、現代人の盲点の一つがここに示されている。両者を同一の画面で扱って、当然だと思っているらしいからである。

ウィルスの側から世界を見てみよう。ウィルスにとって一個の細胞は自分の百倍以上の大きさになる。ウィルスをヒトと考えれば、細胞は一辺が百メートルの桁の立体に相当する。しかもヒトの身体は十兆の桁数の細胞からできている。なんとも巨大な世界ではないか。ウィルスにとっての人体は、ヒトにとっての地球以上になるのではないか。

現代科学はウィルスの構造を調べたうえで確定することができる。写真すら撮ることができる。でも問題はそこではない。

ウィルスが取り付く相手はヒトの細胞だからである。そこにサイズの問題あるいは関係性の問題が表れる。ウィルスの構造はわかったとして、取り付かれるヒトの細胞はどうか。ウィルスを見る精度でヒトの細胞を見たら、どうなるか。さらにはヒト個人、挙句にヒト社会まで見ようとしたらどうなるか。

ウィルスを調べるのと同じ目線では、とても無理に決まっている。ウィルスを基準にすれば、細胞ですら大き過ぎて、情報処理が完全にはできない。そんなややこしいものを研究者も見たくないに違いない。しかもその細胞は、常時生きて動き続けている。見ている傍《そば》から、変化してしまう。そんなものは見ることができない。

私が専攻した解剖学は死んだものしか見ない。なにしろ、身体を切り刻んで名称を確認する基礎的な学問だ。対象が死んだものという理由はここにある。動いている細胞を見て「こうだ」と決めるのは難しい。決めた直後には別のものになっている。

ウィルス自体は代謝しない、つまり「止まっている」から、それを調べるのは細胞よりはずいぶん楽である。

部分を見れば全体はボケる

結論はじつは初めから明らかだと思う。世界をできるだけ正確に、つまり「科学的に」見ようとすることはできる。しかしそれは常に部分に留まる。なぜなら部分を正確に把握すると、全体はいわばその分だけ、膨張するからである。

ウィルスを百万倍の拡大で見ることはできる。それをやると、じつは世界が百万倍になってしまう。ウィルスの人体への影響をその精確さで見ようとするなら、それが取り付く相手の細胞も百万倍の桁で見なければならない。その意味で、なにかが精確にわかるということは、「関連する」事象がその分だけボケることを意味する。

ウィルスがわかった分だけ、細胞がボケる。これを私は認識における不確定性原理と呼んだことがある（『形を読む』講談社学術文庫）。いまではこの表現は間違っていると思うが、内容は変わらない。

ではどう呼べばいいか。エントロピーは増大する、かもしれない。エントロピーとは、熱力学上の概念で、大雑把には、どこかに秩序が生まれれば、無秩序がそれだけ増える、ということで話を進める。

あちらを立てればこちらが立たず。日本風に言うとこうなる。

専門家はいつもバラバラ

もちろんウィルスとヒトとを「関係」させなければいい。ウィルスを見るなら、ウィルスだけ見ればいい。なにもヒトを見る必要はない。だからこそウィルスの専門家なのである。

こうして科学は専門化する。ウィルス学者は同じ目線でヒトを見ない。すでに述べたように、ウィルス目線では、ヒトは大きすぎて見えないからである。コロナ問題で専門家会議が始終開かれる。その遠因はここにある。解像度の違うものは一つの土俵で並べられない。私はそう思う。

そこで当然ながら、問題が生じる。専門家と官僚と政治家が集まった時、そうした人々の共通のプラットホームとはなにか。主題はコロナに決まっているけれど、目線はどうなのか。数学でも熱力学でも情報理論でもあるまい。それなら専門家会議こそが旧約聖書にいうところの「バベルの塔」ではないのか。天に届こうとする塔を建てようとした人間に怒った神様は、作業が進まないようにそれまで一つだった言語をバラバラにしてしまう。その結果、作業は頓挫《とんざ》してしまった。

専門家会議でも、じつは全員が別な言葉を語っているのかもしれないのである。バベルの塔を建てていたとされる中東は人類史上最も古くから都市化した場所である。都市化とは、人間の脳が決めた秩序の世界にすることで、脳化すなわち意識化である。そこでは情報の相互「関係」の問題が発生する。目線の共有が不可能なのである。

構造と機能

私は解剖学を専攻した。解剖学は構造を扱う。機能を扱うのは生理学である。簡単にいえば、構造は仕組み、機能は働き、だということになる。

構造から機能を推察することは可能か。可能なこともあるし、不可能なこともある。不可能の典型は胸腺《きょうせん》だった。胸腺とは胸のあたりにあるリンパ器官だと思ってください。私自身が学生だった頃は胸腺の機能的な意味ははっきりしていなかった。それが何のためにあるのかがわからなかった。

はっきりしたのは免疫学が進んだからである。胸腺は免疫細胞の教育機関であることが判明した。胸腺自体をいくら見ても、免疫という枠組みを知らなければ存在意義がわからない。

同様にカブトムシの角をいくら分析しても、角の機能的な意味は不明である。何のためにあるのか。何をするのか。食料あるいは雌をめぐる縄張り争いを想定しなければ、角の機能は不明でしかない。ウィルスの動きはヒト細胞の動きを理解しなければ、わからない。

秩序が無秩序を生む

先ほどエントロピーの法則について触れた。この法則について説明するときには、よくボルツマンの方程式というのが引っ張り出される。これは熱力学の領域である。放っておくと、空間の中で粒子はとりうる状態の数が多い方に行く。確率の高い、つまりとりうる場合の数が多い方に行くのだ。当たり前の話なのだが、当たり前だけに熱力学の話は言葉で説明するのが難しい。

この熱力学とシャノンの情報理論とは、同じ形をしている。だからエントロピーという言葉が情報理論に導入された。ボルツマンの方程式と情報の方程式はいわば同じ形になる。それなら情報の法則と熱力学の法則は並行しているはずである。私はどちらの分野も半わかりである。きちんとわかっていれば、情報理論の専門家か、熱力学の専門家になっている。残念ながら、私は虫と解剖しかわからない。それもたぶん半わかり、一知半解《いっちはんかい》である。

だからここからは乱暴に行こう。熱力学で私にとって興味深い部分は、いわゆる第二法則である。エントロピーは増大する。これではほとんどの人がなんのことやら、直観的にもわからないはずである。しつこいようだが、だから乱暴に行こう、と述べた。

この法則の系と言ってもいいし、言い換えと言ってもいいが、重要だと私が思うのは、自然界に秩序が発生したなら、同量の無秩序がどこかに発生する、ということである。それが正しいかと訊かれたら、わからん、と言うしかない。

そもそもそんなこと、どう実証すればいいか、わからない。そんなことがちゃんとわかったら、私は偉い学者になっているはずだがなっていない。だからここでは、それが成り立つという前提で考えるのだ。

あーだこーだとうるせーと言われるかもしれないが、いずれにせよ、なにかを前提にしなければ、議論は成り立たない。ヒトの意識はそれ自体が秩序活動である。意識にはランダムなことはできないので「ああすれば、こうなる」が必要になる。だから乱数表は機械に作らせる。ヒトが作ると、でたらめにやったつもりでも何らかの規則性が生じてしまう。宝くじの当選番号の決定は、ダーツに頼るしかない。

情報にもエントロピーの第二法則が該当するとすれば、現代の混迷がよくわかる。なにかがわかったということは、別なことが同じくらいに、わからなくなったということだからである。

二十世紀末に『科学の終焉《おわり》』（徳間文庫）という本が出た。アメリカの科学ジャーナリスト、ジョン・ホーガンが「科学は世界を最終的に解明すると思いますか」という質問を、著名な科学者たちに尋ねた結果の報告である。

大多数の答えは「解明しない」というものだった。ただしその理由として、科学者たちが私のように思っていた可能性はある。そう言わない理由なら、複数考えられる。面倒くさいからそれはここでは書かないが、解明した光を照らす部分には、影が必ずできるというだけのことだ。

人知は進んだと言えるのか

ヒトとウィルスの大きさの比較が、どういう意味を持つと私が考えているか、ご理解いただけたであろうか。現代人は過去に比較して、はるかに人知が進んだと考えている。考えている、と思う。

それなら現にこれまで行われてきたコロナ対策を考えてみよう。まず“stay at home.”ステイホーム、すっかりカタカナ語になった。ヒトに会うな。やたらに外に出るな。もちろん病気を移し、移されるからである。難しいことはどこにもない。部屋を換気せよ、むやみに集まるな。これも理解が困難なことではない。

ハテ、「進歩した」のは、どこなのか。百年前のスペイン風邪の時でも似たような対策を採ったのではなかろうか。

当時との違いを言い立てればいくらでもあろうが、予防の基本は変わらない。手を洗って、あれこれ清潔にして、不要な人に会うことをしない。おそらく日本人なら以前からやっていたかもしれない。

アマゾンの密林には、いまだに外部との接触を断って放浪している部族がいるという。疫病を避けるためだという。参考になりますね。

私はヒトが集中するから都市を作るなとか、わからないことを増やすだけだから、研究なんかするなと言うつもりはない。どちらにしても限度がありますよ、と述べているだけである。その限界を見切ってますか、と言いたい。

原子力発電のゴミ問題は片付かない。理由は明瞭で、原発エネルギーから得た東京の秩序活動は、原発のゴミという形の無秩序で放出されているからである。それを石油に換えたところで、原理的には問題は片付かない。石油が燃えて、炭酸ガスと水になり、それが無秩序に動きだす。温暖化とはそのことじゃないか、と思ったりする。とりあえずは化石燃料の使用量が問題視されているが。

根本問題は大都会に代表されるヒトの秩序志向、あるいは秩序嗜好《しこう》にある。「ああすれば、こうなる」がはっきりしている社会だ。その根源はヒトの意識という秩序活動にある。じゃあどうするか。秩序を高めようとしなければいい。それが真の省エネである。合理的、効率的、経済的にものごとを進行させる。それ自体の非合理性、非効率性、非経済性は、コロナ騒動でよくわかったのではないか。

認識は世界を変える。同時に自分を変えてしまう。なにしろ風邪一つでも世界は変わるのだ。

その認識のもとになる理解は実は「向こうから」やって来る。アッ、わかった、というのは、「向こうから」来るのだ。

これをドイツの若手の哲学者、マルクス・ガブリエルは思考は感覚ではないかと言った。向こうから来るという意味でなら、感覚である。

それに対して、行動は限定される。⑴ランダムに動くか、⑵合目的的に動くか、のどちらかである。

意識に支配された現代人は⑵である。たまにランダムに動くが、それは動物でも同じである。部屋に飛び込んだスズメや虫をみればわかる。明るいほうに飛んでいき、ガラスにぶつかる。出られないから、やり直す。これを繰り返す。とりあえずやってみて、ダメならやり直す。人もその段階から、それほど進化していないのであろう。

お金がないから配ってみる

コロナでは経済の問題も大きくクローズアップされた。もともと経済に関しては、私はまったくの素人である。国際経済なんて、考えるのに必要な情報は、要素が多すぎてほとんど爆発的ではないかと思う。

アベノミクスはよくわからなかった。フツーの人にはわからなかったと思う。わからないことがわかったから、アベノマスクになったのかもしれない。これならよくわかる。マスクが足りないなら、皆に配ればいい。だからマスクを配った。でもつけない人が多くて余った。小学生でもわかると思うし、私だってわかる。

コロナで働くところがなくなったから、収入が減った、なくなった。この対策はどうか。マスクと同じように皆にお金を配ればいい。

三十万円の給付という話が一時出たが、これはダメだろうと思った。なぜなら話が面倒だからである。三十万円になる人と、ならない人を、どう分けるのか。それをきちんと決めると際限がなくなり、先の不確定性原理に引っかかる。

どう分けたって、あれこれ議論と問題が起こるに決まっている。厳密に規定すればするほど、問題が増える。そんなこと、考えなくたってわかる。政治家は票が死活問題である。部分的に三十万円を配ると、自分の支持層に届かない可能性がある。それなら全体に配ってしまうほうがいい。

というわけで、結果、十万円の一律配分になった。この分配もきわめてわかりやすい。わかりやす過ぎるくらいである。

ではこうした対策のどこに「人知の進歩」があるのか。

私は政治は嫌いだと公言しているが、今回の対策なら、私でも政治家ができるかなあと思ってしまう。べつに対策を批判しているのではない。そうするしかないんなら、それでいい。ともあれ、人知には、進む部分と進まない部分があるらしい。進むと思われる部分は認識で、対応策つまり動きの方は結局は昔のまま。

テレビでこの十万円の対策は間違っていると強い口調で述べた人があった。ただし理由までは放映されなかった。たぶん財務省関係の人ではないかと思う。財務省が財政均衡、入った分だけ使え、という原則にこだわることは、私でも知っている。財政均衡の重要性は、二宮尊徳の時代からわかっている。

では今回のように、裏付けのないお金を支出することはどうか。尊徳に訊いてみたい。政府がお金を出すとき、じつは裏付けはいらない。それは現代貨幣理論が説くところである。

では裏付けのないお金を出せば、結果はどうなるか。その国のお金の価値が下落する。それはインフレとは少し違う。インフレは、ぜひ必要だという需要に対してモノの供給が不足することである。不足するのがマスクだけならそれほど問題はないと思いますけどね。とはいえ、今や、マスクは余り気味で、足らないのはワクチン。いや、ワクチンも余って来て、三回目の接種をどうこうし始めている。これもまた変わるのかもしれない。

「ぜひ」でない供給不足なら、バブルという。いまはむしろモノ余りで、おそらくインフレの心配はない。バブルが起きて、だれかが不用なものをたくさん買って、その価格が高騰したって、もともと不用なんだから、私の知ったことではない。お金の持ち主が替わるだけである。

財務省はなぜ威張れるのか

世界に存在する価値が一定だとしよう。お金はその価値を代替している。そこでお金の量だけをただ増やせば、つまりいわば「お金が湧いてくる」なら、お金の価値はどうなるのか。下落するであろう。財務省が本能的に嫌うのは、この種の問題ではないか。

財務省の「権力」の根源はお金の配分にある。そのお金は世間に価値を生み出すあらゆる活動と結びついている。そこを左右するから、財務省が「偉い」のである。その時にお金の量だけ勝手に増えるなどという椿事《ちんじ》が起これば、それは許せなくて当然である。

私は財務省のことなど、さっぱりわからないから、そう疑うだけですけどね。

いまは社会の状況が悪いから、それを考えて政府が補償し、お金を支出する。でもそのお金にプラスの裏付けはない。出所は政府の意思という、当座の怪しげなものである。民主主義だから、国民の意思かなあ。それなら医療関係者や人前で働かざるを得ない人たちには、百万円を余分に配分してもいいんじゃないか。働きに応じて払うなら、そういうことになろう。このレベルの政策で政治家になれますかね。

裏付けのないお金の裏付けはなにか。ヘンな疑問だが、それに回答はある。供給能力である。お金だけが増えて、それが現実に動き出した時には、消費に回る。その消費を満たすだけの供給能力がなければ、インフレが生じる。国家経済を支えているのは、そこでは供給能力なのである。供給は可能か不可能かだから、きわめて明瞭である。

じつはこの分配には、お金をもらった人が助かるという、大きなプラスがある。しかし立場によっては、それはマイナスに勘定されるであろう。いわば働かなかったことに対して対価を支払うからである。こんな一見ヘンな状況は、財務省はもちろんのこと、ほとんどの人が真面目に考慮していなかったであろう。

お金は労働の対価として支払われる。それがこれまでの常識だったと思う。でも今回は逆である。逆の状況が現に存在することが確認された。

働かないでいてくれて、ありがとうございます、お金を差し上げましょう――理想郷ですね、これは。とはいえ、フツーの状況でも働いたら所得税という一種の罰金を取られる。分配政策にも、それなりの理屈が通っていないわけではない。

当たり前だと思うが、お金はもともと社会状況に結び付いている。そのお金自体の価値がフラフラする、あるいは下がることは、財務省の安定を揺るがし、財務省の価値（あればの話だが）が下がることを意味する。

資本主義下の企業も同じであろう。お金の価値が揺らぎ、下がることは、根本的にはお金を稼ぐことの価値を下げる。生産年齢の人たちが必死で働く。そこでは生産し、お金を稼ぐことが、当然の価値として前提にされている。コロナが落ち着いたら、さて、どうなるか。

人生の価値を高めるには

私は八十歳を超えているから、不労働非生産年齢に属し、生産＝価値には直接の関係がない。単純に生産＝お金＝価値と考える状況では、お金の価値が下がることは、生産という仕事に専念する人たちにとって、人生自体の価値の低下を意味する。歳をとればいやでも低下するんですけどね。

コロナの問題で暗黙に問われていることの一つは、それかと私は思う。歳をとれば実感するはずだが、サービスを含め、生産労働で計る個人の価値は、年齢とともに下がる。高齢化社会では、その価値は全体的にも必然として低下する。元気で働く。働くのはいいことだ。

だが、私は元気ではない。元気かどうかと聞かれたら、元気なわけがない。年齢の割には元気かもしれないが、それでも六十代に比較したらはるかに弱った。

働くという「いいこと」がこれまで通りにはできない。しつこいようだが相模原十九人殺しの犯人なら、じゃあ死んじまえ、と言うであろうか。深沢七郎の『楢山節考』の世界なら、私はおりんばあさんと道連れ、とうに雪に埋もれて消えている。貧しい山間にある、姨捨山《おばすてやま》の伝承による小説だけど、それも今は遠い昔か。

とかなんとか言って捨てられかねない私がまだ生きて、ご覧の通り太平楽《たいへいらく》のごたくを並べている。いい時代なんですよ、現代は。でも、若い人たちをもっと大事にしなくていいのかね。

なにしろ、十代から三十代の若者の死因のトップは何だと思われるだろう。自殺である（令和二年人口動態統計月報、厚生労働省より）。

これまでは病気、ガン（悪性新生物）や心疾患といったものや、不慮の事故が死因に上がっていたのが、今では自殺が一位で、他の世代でも上位に上がってきている。昭和の初期にも自殺は死因にあったが、それは、例えば結核など貧困から来る病苦で迷惑をかけまいという自殺だった。内容が違ってきている。コロナの影響もあるのか、令和二（2020）年の小中高生の自殺者数は、その数自体が調査開始の1974年以降では最多だそうだ。この世に生きることの意味が見出せない、これから長く生きていても意味がないと思い、若い人が死を選んでしまう。

どうすればいいんだ。そう訊く人があるかもしれない。

要するに価値観を情勢に応じて自分で変え、自分なりに持つしかない。それを自立といい、成熟という。

生きるとはどういうことか、生きる価値はどこにあるか。これは哲学でも思想でもない。まさに具体的な自分の生き方である。すでに構築されたように見える社会システムに寄りかかってもいいけれど、それならそのシステムと共倒れの覚悟が必要ではないか。

戦時下の日本がそうだった。一億玉砕、本土決戦でしたからね。でも多くの国民にとって、それは本音ではなかった。だから一夜明けたら平和と民主主義、ある人たちには共産主義が正解となり、日常が戻ってしまった。とはいえ、その「日常」は以前と変わらないのだろうか。

統計数字が「事実」になる時代

日常とは強力なもので、脳ミソがなにを言っても気にもせず、平然と動く。だれでもそれはわかっているはずであろう。民主主義でも共産主義でも、食べなければ腹がすく。眠くなったら、寝なければならない。寝たら意識は消える。

意識に振り回されると、その日常が茶飯事つまり些事になってしまう。意識的行為の方が偉い。意識はそう主張し、日常を支配しようとする。意識とは要するに財務省やGAFA（Google, Amazon, Facebook, Apple）のようなグローバル企業の社長や株主のようなものである。時々はそれを考えた方がいいと思いますけどね。

つまり意識がすべてではない。日常というものがある。体があってこその意識だと考える。

それがなかなか実行できない理由の一つに、現代人の目線がある。統計数字が「事実」になってしまうことである。数字は明らかに抽象であって、自分の目で確認した「事実」ではない。つまり意識の変形である。

コロナによる本日の死者何名。この目線はいわば神様目線である。「上から」目線と言ってもいい。

私はかつて「死は二人称でしかない」と述べた。厳密には死には「一人称」(私)、「二人称」(あなた、君)、「三人称」(彼、彼女)がある。

一人称は「私の死」。死んだ時には「私」はいない。従ってそれは現実には無いのと同じことである。

三人称は「誰かの死」。どこか遠いところで誰かが死んだとしても、ヒトの感情は動かない。この死もまた存在していないに等しい。

二人称は知っている人の死である。身内であろうが、嫌いなやつであろうが、そういう人の死は確実にヒトに影響を与える。逆に言えば、この二人称の死以外はヒトにとっては無いに等しい。

「本日の死者何名」に象徴的だが、現代人は生死すなわち実人生を上から目線で捉える。

それは切実な実生活になりようがない。

神様目線ではない目線はどこにあるか。文学の目線であろう。抽象が事実に変わった世界では、ロマンには力がない。コロナ禍の下で、いちばん売れたのが『ペスト』(新潮文庫)だというのは、単なる偶然ではないと思う。それがまさに現代人のニーズを示している。

国が備えるべきこと

コロナで他にわかったことがあるか。生物兵器の有力さであろう。高いお金をかけて、ミサイルだの、衛星だのを作るより、コロナウィルスのように感染力が強いウィルスを使えば、社会が壊滅に近くなる。自分のところにも返ってくるが、前もってワクチンなり、特効薬なりを用意すればいい。テロリストの立場なら、原発を狙うより生物兵器の方が楽になってしまうではないか。

柄にもなく、安全保障や国家とは何かを、コロナのおかげで考えてしまった。国民が必要とする時に、必要なものを供給する。それが国家であろう。私が育った時代は「お国のために」は「死ぬ」ことの枕詞だった。生命を含めて、国家とはひたすら奪うものだったのである。

たしかに戦中戦後も、国家は国民に必要なものを供給した。食料の配給である。「配給」とは懐かしい言葉ですね。若い世代は知らないと思う。団塊の世代がやっと記憶しているかどうかであろう。

阪神・淡路大震災の一年後に、経済評論家の日下公人《くさかきみんど》さんと対談したことがある。その時に日下さんが言われたことで記憶に残っていることがある。

「あれだけの震災が起こって、労賃も資材も値上がりしなかった、日本経済は供給能力過剰ですよ」

当時は社会的な事象に私はあまり関心がなかったので、この言葉の重要性に気づかなかった。日下さんはまさに国家の力すなわち国力に言及していたことになる。

コロナの感染が生じて、国内でそれを処理する能力がない国は発展途上国である。医療水準が低いというが、人工呼吸器にしてもマスクやワクチンの供給にしても、国内で供給が満たせないとすれば、国家は急場の役に立たない。中国はあっという間に武漢に病院を新設したが、そのためには建設能力と医療関係者の供給能力が必要であろう。

ラオスの知人がこの間に病気になったが、治療のためにはタイに行くしかなかった。

その意味ではラオスはまだ国家の体《てい》をなしていない。

国家とは政治体制ではない。実質的には供給能力の総和である。安全保障の根幹は供給能力であろう。今回、それを大いに学んだように思う。なかでも、日本国の場合、最大の問題はエネルギーである。それは戦争中と変わらない。昭和天皇ではないが、あの戦争は「石油で始まり、石油で終わった」ので、その状況はいまだに変化していない。そのエネルギーがなぜ必要なのかというなら「意識という秩序活動」が要求するからである。

明治政府は「富国強兵」というスローガンを掲げた。強兵は敗戦で消えたが、「富国」は残った。軍事と経済は「ああすれば、こうなる」すなわち予測と統御の典型である。予測と統御は意識の特徴的な機能である。日本の「近代化」とは意識化、都市化であり、それには無秩序の排出が必要である。具体的にそれを担ったのがエネルギーであろう。石油を消費して、世界を統御する。世界には秩序が成立するが、同時に無秩序が排出される。それが地球温暖化を招く。まことに理屈に合っているというしかない。

秩序を諦めるという発想

さてどうすればいいのか。いい加減に秩序的に世界を動かすことを諦めたらいかがだろう。それは無政府とか、無秩序を勧めるというわけではない。ヒトの一生とは「起きて半畳、寝て一畳」の世界であろう。その日常の規矩を超えて、いろいろやろうとする、そのためにはとてつもない供給能力が必要となる。果たしてそれが可能かを、すべての人が自問自答してみる必要があると思う。

コロナ問題は、すでに落ち気味だったグローバリズムの評判をさらに落とした。それがいいことか具合の悪いことか、私には判断できない。

テレビでグローバリズムはもう終わりだ、と発言した人がいた。少し気が早いと思う。イタリアは多数の感染者を出して、医療崩壊に近くなった。病院を減らし、ベッド数を減らした緊縮財政のためだったといわれる。しかし念のためだが、日本で県別にベッド数と総死亡数の関連を調べると、両者に相関がないことがわかる。

政府が医療から手を引いて行けば、グローバル企業に都合のいい状況が生まれる。国営か民営か。国民の意見が分かれるところであろう。コロナがそうした問題を表面に浮かび上がらせた。

日本という国家はとくにはっきりした将来の問題を抱えている。それは今世紀半ばまでにと予測されている東南海地震と、いつ来るかわからない首都直下型地震である。それらに対応する能力は果たして十分なのか。それらの災害対策はグローバル企業に任せておけるのか。問題をそう設定すれば、解答は言うまでもないであろう。日本はよりナショナリズムに向かうはずである。グローバル企業は経済原理として災害対策はしないであろう。余分な医療供給能力なんか準備するはずがない。当座の経済的利益に資するわけがないからである。

人を相手にすると疲れる

自分が日常を生きて行くときに排すべきなのは何かといえば、「本日のコロナによる死亡者何名」という神様目線だと考えている。神様目線が生存に有効になるような社会を構築すべきではない。

神様目線の対極は、前にも書いたが、文学の目線であろう。我が国の文学は伝統的に花鳥風月《かちょうふうげつ》を主題としてきた。当たり前だが、花鳥風月はヒトではない。そんな時にいつも思い出すのは井伏鱒二のエッセイ『中込君の雀』だ。ちゃぶ台でチ、チ、チ、と跳ねている雀のことを延々と何ページにも書いてあった記憶がある。それだけなのに読ませるのだ。昭和初期くらいまでは特に、身の回りの自然の描写に、小説の冒頭で何ページも費やされていた。

今は人間関係ばかり。相手の顔色をうかがい過ぎていないか。たかがヒトの分際で調和をはかろうとしすぎていないか。

コロナが終わった後に国民の中に対人の仕事をするより対物の仕事をする傾向が育てばと願う。具体的には職人や一次産業従事者、あるいはいわゆる田舎暮らしである。そういうことが十分に可能であれば国＝社会の将来は明るいと思う。

対人のグローバリズムに問題は多いが、対物のグローバリズムに問題は少ない。自然科学は対物グローバリズムといってもいいであろう。物理法則は言語や文化の違いで変化しない。対人より対物で生きる方が幸せだと感じる人は多いと思う。

登校拒否児が増えていると聞くが、学校教育自体が対人に偏っているからではないかと危惧する。いじめ問題の根源はそれであろう。

子どもたちの理想の職業がユーチューバーだというのは、対人偏向を示していないか。なにか他人が気に入るものを提供しようとする、対人の最たるものであろう。人が人のことにだけ集中する。これはほとんど社会の自家中毒というべきではないか。人ばかりを相手にしていると、私なんぞは疲れてくる。だから猫のまるなのである。

夜には死ぬという前提で毎日を始める

昨秋（2019年）にキノコ好きの高校生四人と一日を過ごした。どの生徒も、通信教育校に通っている。学校に対して不適応なのだが、キノコに対しては徹底的に適応している。キノコの放射能汚染が問題になっている世情を考えると、こうした生徒たちが将来世の役に立つであろうことは間違いないと感じる。

現在の生物分類では真核生物は四つに大別されている。原生生物、動物、植物、菌類である。彼らは動物学者でも植物学者でもなく、すでに菌類学者という範疇の学識を備えつつあるのだが、現在の学校教育のシステムは彼らを評価する機能を備えていない。

アップルの創始者スティーヴ・ジョブズは"Stay home."ではなく、"Stay hungry, Stay foolish."（ハングリーであれ、バカであれ）とスタンフォード大学の卒業式の式辞で述べた。その真意は捉えにくい。ただし式辞全体をネットで聞くことができる。素晴らしいスピーチというべきであろう。その中で彼は言う。

「夜には死ぬという前提で毎日を始める」

コロナは死という生の前提を各人の目前にもたらした。しょせん、私たちはヒトという生物なのである。コロナは平等に私たちの方にやってくる。これで人と人が構成する社会が成熟しないはずがない。それを期待して、本章を終える。

2　新しい宗教が生まれる

学者は一言で世界を表す

前章では、ウィルスの側から見た細胞像と、その細胞十兆以上からなるヒトの等身大が、テレビの画面上で同居している違和感から、われわれの世界認識の問題点と思われることに言及した。一部を精確に認識するほど全体はボケるという逆説である。

認識するのは我々自身だから、今回は認識する人の側から状況を考えてみたいと思う。世界を一言で言い尽くしたい。そう思うのが学者の癖で、それはわかりきっている。どのくらいわかりきっているかというと、子どもの頃には、いち早くそれを学んでいたくらいである。原典はゲーテの『ファウスト』、私が読んだのは手塚治虫版のマンガだが、ファウスト博士は次のように言う。

一体此《この》世界を奥の奥で統《す》べているのは何か。
それが知りたい。そこで働いている一切の力、一切の種子は何か。
それが見たい。それを知って、それを見たら、
無用の舌を弄《ろう》せないでも済もうと思ったのだ。

（森林太郎訳『ファウスト』岩波文庫）

ファウストは世界のすべてを知りたいために悪魔と取引をする。「無用の舌を弄せない」は、当時はまだピンと来なかった。いまではイヤというほどよくわかる。ここに書いていること自体が「無用の舌」ではないか。世界が完全に理解できていれば、それで満足、原稿なんか書いていない。黙って諦めて、ジッと静かにしている。

現代になっても、学者は世界を理解してしまう。私の身近であっても、二人の知人、数学者の津田一郎、科学者の郡司ペギオ幸夫は次のように世界を捉え、表現する。津田は『心はすべて数学である』（文藝春秋）という表題の本を書いた。文科系の人な

ら「心は一人一人違うだろうが」と思うに違いない。津田はその反論に一言で回答する。「それは数学的には誤差に過ぎない」

私も若い頃、理不尽な文句を言い立てられると、「所詮は空気の特殊な振動に過ぎない」と思うようにしていた。どんな声も音も空気の特殊振動に過ぎない。そんなものにいちいち反応していられないと、今も思っているかもしれない。セミの声だって、鳥の声だって、わが家ではよく聞こえるのである。

郡司のほうは、『天然知能』（講談社選書メチエ）の中で、「天然知能はただ世界を受け容れるだけ」と述べている。天然知能はいまだ正体の知れない外部を召喚《しょうかん》する。人工知能にそんなものが出てきたら、バグ（間違い、エラーのもと）にしかならない。これだけではわからないと思うので、後は本を読んでいただきたいが、さて、どうだろうか。

私の知り合いだけではない。熱力学の研究者、エイドリアン・ベジャンは『流れとかたち』『流れといのち』（紀伊國屋書店）で「万物の進化を支配するコンストラクタルの法則」について書く。川の流路、山岳の形成や崩壊といった地表の変化から、生物の進化まで、すべての動きは、「もっとも抵抗の少ない経路を通って変化する」。

ベジャンによれば、世界はすべてこの物理法則に従って動く。もちろん先輩や女房の口頭による叱責を、空気の特殊振動として受け流すのも、思えば「もっとも抵抗の少ない経路」を私が選択した結果である。

いずれもそれぞれの説について詳しく知りたければ本を読んでください。ここで言いたいのは、学者たちは一言で世界を表現したがるし、するということである。アインシュタインが物理学の統一理論にこだわっていたのは、よく知られている。若い頃に新聞の一面で「統一理論完成か？」といった見出しを見た記憶がある。そんな記憶はもちろんアテにはならないが。

AIが信仰の対象になった

さて、ファウスト博士だって、悪魔任せにするまで怠けていたわけではない。

はてさて、己は哲学も
法学も医学も
あらずもがなの神学も
熱心に勉強して、底の底まで研究した。

そうしてここにこうしている。気の毒な、馬鹿な己だな。
（森林太郎訳『ファウスト』岩波文庫）

有名なファウストの独白の始まりだが、「あらずもがなの神学も」という台詞が、なぜか私はとても気に入ってしまった。ドイツ語で覚えこんだくらいである。相良守峯訳（岩波文庫）では、右の引用の神学の部分に、「神学は科学の発達を阻み、真理探究を妨げたから。哲学、法学、医学、神学は中世の大学の四学部をなしていた」という注が付いている。真理の探究に役立たない神学ですら熱心に勉強したのだ、とファウストは文句を言っているのである。

ゲーテが「あらずもがなの神学」と書いたのも、相良版の訳注が右のようになっているのも、神学への態度について、それぞれの時代の雰囲気が示されているのだと思う。世界を見る時に、神学の位置づけは意外に大切である。私はそう思う。神に関わる学問には、理性的には矛盾を感じる。なんとなく胡散臭い。そう思うのは、神学なら信仰に関わるはずだと思うからであろう。

信仰はもちろん理性ではない。学問を理性の範囲にとどめようとすると、当然ながら信仰はしっかり排除される。ファウストの独白はそこに関わっている。

ただしそこでよく忘れることがある。排除したはずの信仰が、理性信仰として本人の中に居座ってしまうことである。

信仰なんか捨てたかのように思っている現代人も信仰からは逃れられない。現代人の「科学信仰」「AI信仰」は言うまでもない。

森本あんりは『異端の時代』（岩波新書）の中で、キリスト教史に触れつつ、「正統に自己隠蔽能力が備わっている」と記す。これは含蓄の深い表現である。「正しい」とされた人、分野は自らに都合の悪い面を隠すということにもなり、これは宗教を見ればわかりやすい。

作家の片山恭一は「新しい宗教が生まれつつある。その名を『シンギュラリティ』という」と書く（『世界の中心でAIをさけぶ』新潮新書）。「シンギュラリティ」とは数年前から流行語になった。「AIが人間の知能を超える時点」のことである。つまり前提の考え方として、「間もなくAIが人間の知能を超える」ということが「正しい」とされている。そこを疑う人間は古いと言われ異端者扱いされる。

現代では自然科学教、工学技術教が正統と化し、それが自己隠蔽する。

「コンピュータが囲碁の名人に勝った」と書かれることがある。本当はプログラムを書いた技術者と、彼を雇った会社が勝ったのだが、ほとんどだれもそれを指摘しない。犯人は隠蔽されている。

世界を「理解する」のはもちろん理性である。しかし「世界を理解したと思う」のは、理性ではない。信仰、信念、信条、納得、あるいは感想、などの類である。

ＡＩの中に思想、信条、「わかった」と感じる仕組みはない。そういうヒラメキが降ってきた瞬間のことをアハ体験と言う。ＡＩはアハ体験ができない。機械がアルゴリズムに従って動いているだけである。

でもひょっとすると、ＡＩは世界を理解しちゃうんじゃないだろうか――現代人は、そんなふうに思ってしまいかねない。そう思うのは、「理解する」と「理解したことを確信する」の区別がついていないからである。

理解したけど納得しない。日常生活ではその方が普通かもしれない。

亡くなられた堺屋太一さんは、経済企画庁長官の時に、役人が「ご理解いただきたいので、ご説明にうかがいたい」と言ってきたから、「俺が理解していないというのか」と突っ撥ねたと言っていた。

この場合の「ご理解」は納得、ひいてはその結果としての法案への賛成を指している。理解したって、賛成はできない、ことは多い。似たような文脈で言われることに、「一定の理解」がある。「米国大統領は日本側の主張に一定の理解を示した」というわけである。あんたの言い分はわかったけれど、賛成するのは「ある一定の部分」までだよ、ということなのであろう。

理解しないが納得する

逆に、長らく考えているうちに、よく理解はしていないのだが、それでいいのだと結論を納得してしまうこともある。

個人的な体験だが、典型は物理学者の渡辺慧《さとし》による、時間の方向性の説明である。以下、わかりにくいかもしれないが、あまり気にしないでいただきたい。なにせ私も「よく理解はしていない」。なぜ時間は過去から未来へ一方的に流れるのか。逆に流れないのか。

これを渡辺は次のように説明している。

ヒトを含め、生物は過去から未来に向かう方向にしか生きられない。でも時間を含む物理学の方程式を解くと、時間（t）の解は、正負両方の値をとる。つまり過去から未来、未来から過去、両者に対して一般の物理法則は対称である。

ただしそこに加わってくるのが熱力学の第二法則、つまり「エントロピーは増大する」である。そこでは時間は一方向性である。エントロピーは未来に向かってのみ増大する。つまりここで初めて時間の方向性が指定される。生物はその方向に向かってしか生きられない。

では、生きものとエントロピー増大はどう関係するのか。渡辺はガラスのドンブリにパチンコ玉を落とすという例で説明する。

パチンコ玉の動きを想像してみてください。パチンコ玉はドンブリの内壁を上下しているが、いずれはやがて底に静止することになる。パチンコ玉が持っていた位置と運動のエネルギーは、ガラス面との摩擦でゼロになるからである。

そこでこの状況を動画に撮ることにする。動いているパチンコ玉はやがて確かに底で停止する。さてこの動画を逆回ししたとする。つまり時間を逆行させる。そうすると、底に静止していたパチンコ玉がやがて動き出す。ではその玉は底より高い位置で、いつ静止するだろうか。わからないいんですよ、これが。

つまりエントロピーが減少する方向では、予測ということが不可能になってしまう。「ああすれば、こうなる」が初めから成り立たない。それでは生物に必須の合目的性が成立しない。だから生きものは過去から未来方向へ向かってのみ、生きることができる。

以上が渡辺の説明である。

むろん私はこの説明を疑った。どこかにインチキがある。そう思いつつ、数年考えていたら、いつの間にか、それでいいという気がしてきた。

たぶん理解はしていないが、納得したのである。考えるのが馬鹿らしくなったというのもあるかもしれない。でも渡辺のこの説明でいい。いまでもそういう気がしている。

何度か聞いているうちに、それでいいのだと思ってしまうことは、ごく普通にある。だからウソも繰り返し言えば本当になると言われるのであろう。たしかに誰かが繰り返し同じことを言えば、なんとなくそういう気がしてくる。とくに繰り返しそう言っているのだから、そう言っている本人はそう思っているに違いないと思うのは、ごく素直な解釈である。政治的な宣伝やイデオロギーはこれを利用するのであろう。テレビのコマーシャルは言うまでもない。

と、そんなことを長らく考えていたら、少しばかり前に、カルロ・ロヴェッリ『時間は存在しない』（NHK出版）という本が出た。ちゃぶ台返しというか、そんなことを言われては、時間という話題そのものが成立しない。著者はむろん時間の方向性と熱力学の関係を意識して論じている。詳細はこの著作を参照されたい。

わからないことがわかった

明治三十六（1903）年、十六歳の藤村操は、日光・華厳の滝で投身自殺をした。古い人なら知っているであろう。藤村は一高生、今でいう東大生で、家庭も裕福だった。そういう立場の若者の自殺は極めて珍しかったうえに、樹肌に書かれていた遺言の内容が社会に衝撃を与えた。その遺書「巌頭之感」には、この一句が含まれている。

「万有の真相は唯だ一言にして悉《つく》す
曰く『不可解』」

「あらゆることの真相を一言で言えば、『不可解』になる」

「わかったこと」は、要するに世界は不可解、「わからないということ」だったというのである。

あれ、これでは、わかったのか、わからないのか、それがわからない。「世界はわからない」ということが「わかった」というのは、「わかった」に分類されるのか、「わからない」に分類されるのか。

これに似ているのが、自己言及の矛盾である。心理学者の河合隼雄さんはこれが好きだった。真面目な話になると、「私はウソしか申しません」と言うのが常だった。この言明自体がウソなのか、本当なのか。

文化庁長官になられて、就任のあいさつに小泉首相に会いに行ったときにも、「私はウソしか申しません」と言ったと、当時の文化庁のお役人から聞いた。

「飛ぶ矢」「アキレスと亀」などが有名な、ゼノンの逆理と同じで、自己言及の矛盾には、いくつかの系がある。ラッセルの逆理とは「それ自身を要素として含まない集合の集合」のことで、この集合に、この集合自体が含まれるのかが問題となる。あるいはリシャール数などがそれである。リシャール数は、って、これ以上は自分で調べてください。屁理屈を言うときにでも、使えるかもしれない。

河合さんの言葉も自己に言及することで、解決できない矛盾が生じてしまうという、同じ性質を持つ。これが自己言及の矛盾である。

「私はウソしか申しません」という言葉は論理矛盾を発生するから、この言明自体は成り立たないということになる。初めから言うべきでないのである。

先述の哲学者マルクス・ガブリエルは、こうした論理矛盾を上手に利用して、間違った概念を整理する。

言明自体が間違っているわかりやすい例として、ガブリエルは「最大の正の整数」という例を挙げる。仮にそういう数があったとするなら、それに一を足せばいい。そうすると、さらに大きな数ができてしまう。だから「最大の正の整数」は存在しないことになる。

理屈の世界に疲れた

八十歳になるまで、漠然と考えごとをしてきて、だんだん理屈というものを信用しなくなってきた。別に理屈が嫌いというのではない。好きなんだけど、信用しない。理屈ではこうなる、ああなる、と思っている。でもそれを「奥の奥で統《す》べている」のは理屈ではない。思えばそれは当然であろう。だれだって理屈で生きてきたわけではない。

それならなぜ理屈で世界を創ろうとするのか。コンピュータが作る世界は理屈の世界である。理屈が通るように創られた世界だ、と言ってもいい。自動車の自動運転はその典型である。なにからなにまで、事故が生じた時の責任問題まで、あらかじめ「すべて」考えてしまおうとする。「ああすれば、こうなる、こうすれば、ああなる」。これが理性の示す世界である。

現実の社会で、その理屈が昔から得意とするのは、経済と軍事である。「富国強兵」が明治の標語だったのは、おそらく偶然ではない。「国が豊かに富めば(経済)、軍事力も強くなる(軍事)」。経済も軍事も「ああすれば、こうなる」、すなわち「予測と統御」が中心だからである。私はそれを大和言葉に翻訳しただけである。万事を予測し、統御するのが理性の基本的な役割である。

仕方ない開戦

それで何でもうまく行くかというと、もちろんうまく行かない。早い話が、戦争には負けた。あんな戦争なんて、しなければよかったのに。そうは言っても、そうなってしまったものは仕方がない。

昭和天皇のお言葉では、終戦の詔勅《しょうちょく》の玉音放送が有名だが、米英に対する開戦の詔勅（昭和十六年十二月八日）もある。昭和天皇は、世界平和のために寄与しようとしていたが、今回、不幸にして米英と戦争をすることになったと説明したうえで、次のように述べている。

「洵《まこと》ニ已《や》ムヲ得サルモノアリ豈朕《あにちん》カ志《こころざし》ナラムヤ」

（開戦はまことにやむをえないことで、私の本意ではない）

開戦するしか仕方がない。自分のせいじゃない――では誰の本意なのか。

前述した郡司ペギオ幸夫の『天然知能』には、人は育つ過程で「おのずから」から「みずから」に変化するとある。この変化を一・五人称だと規定する。

開戦の詔勅のほうは、素直に読めば三人称である。それしか手の打ちようがないんだから、その結論は三人称、つまり客観的と言ってもいい。でも開戦を決めたのはあんただろ、と読めば、一人称である。どちらともとれる、あるいはどちらでもないから、一・五人称。この詔勅もまた、天然知能ということになりますね。要するに、どこか外部から降ってきたものだということである。

戦後になれば、あんな戦争は負けるに決まっていただろ、という結論になる。それが理屈であるはずなのだが、実際にはその理屈が通らなかった。「洵ニ已ムヲ得サルモノアリ」という客観性が理屈を打ち負かしてしまった。理屈に従わなかったからいけないんだ。理性がそう頑張ることは可能だが、じゃあなぜ理屈が通らなかったんだということになって、果てしない理屈の行列が始まる。ふつう理屈は客観的だと思われているけれど、「主観的な」理屈をたいていの人は聞いた覚えがあるはずである。まことに「理屈と膏薬《こうやく》はどこにでも付く」のである。

アベノミクスとアベノマスク

明治以来の「富国強兵」の富国、経済は戦後ある時期まではうまく行ったようだが、ここ二十年以上はうまく行っていない。実質賃金は低下の一路、GDPは縮小したまま。景気が悪い話だから、メディアもそれはほとんど取り上げない。それでも安倍内閣は通算連続在職日数が2822日まで保ったのだから、うまく行っているという人もいた。

アベノミクスの初めに二パーセント程度のインフレにしようとして、国債の買い入れをした。そうやって日銀が放出したお金は、市中銀行に回ったが、市中銀行の日銀当座預金がその分増えただけだった。要するに市中には回らず、期待したようなインフレは起きなかった。

つまり「ああしたが、こうならなかった」。当時の責任者に尋ねれば、あの時はああするしか、他に考えようがなかったんだよ、というかもしれない。それなら開戦の詔勅と同じで、一・五人称である。最近もどこかしらでよく聞く台詞である。アベノマスクはどうだったのだろう。

だから経済ではコンピュータを使いたがるのであろう。コンピュータなら純粋な三人称。それでダメなら、もはやお手上げ、俺のせいじゃない。理屈というのは、こういう風に無責任なのである。理屈の神様は誰だろう。

理性とは何かを考える時に、ＡＩに優る参考資料はない。手続きを踏んできちんと考えるなら、ＡＩに任せればいい。人の出る幕ではない。学会でも丁寧にきちんと論理を踏んで説明する学者がいたが、思えば私はほとんど聞いていなかった。つまりコンピュータの動きを順次観察しているようなもので、ちっとも面白くない。私の師匠は「幼稚園の子どもに説明しているみたいだね」と感想を述べておられた。人がこれをやると、コンピュータに負けるのは当然である。普通の人なら途中で飽きてしまうからである。論理は筋道の予想がついてしまう。「ああすれば、こうなる」そのものなのである。

これからもブツブツ言う

「ああすれば、こうなる」が成立するように人は社会を構築する。それが都会である。意識の産物であり、理屈が重視される。

その理屈通りにならない可能性のあるものは、徹底して排除する。だから都会には人工物しかなくなってしまう。

私はときどきそれを指摘してみるが、世間にはほとんど通用しない。オフィスには意味のないものを置いてみるといいですよ、と言ったこともあった。意味のあるものだけに囲まれているのはむしろ不自然なのだ。しかし、実行する人は少ない。オフィスにも都会にも、いつまで経っても人工物しか置かない。最近では机さえなくなって、ついには人間さえいなくなってきている。理屈がいちばん通じない人間がいなくなったか。

この原稿を書いている私のパソコンの上に、先ほど手掌大のアシダカグモが出現した。

脚がふにゃっと長いばかりで、どうもいけ好かない。とはいえ、私はクモが大嫌いだが、クモの生存権は認めている。

エアダスターのひと吹きで追い払ったが、家族や秘書に見つかると、薬を撒かれてしまう。現在の状況で、薬がどのくらい有効かというと、シューのひと吹きで、八畳間が二十四時間、あらゆる虫がいなくなる。ものすごい威力である。

鎌倉市のいまの家には、三十年以上住んでいる。初めのうちは、家の中で結構いろいろな虫が採集できた。新築して引っ越した最初の日に、白い壁に立派なゲジゲジが這っていたくらいである。玄関にはアオオサムシがときどき迷い込んできていた。でもいまはほとんど見なくなった。

そんなことを嘆いても、当たり前だが、だれも聞いてくれない。猫のまるさえ、今は聞いてくれない。今は、と書いたがもともと聞いていなかったかもしれない。しょうがないから、ここで寄り道をしてブツブツ言っている。年寄りとは、そういうものなのである。

理性に従って構築された世界は、私にはまったく面白くない。

自動運転の世界になっても、バグを期待してしまう。そう思っている人も、かなりいるはずである。それが世上いうところの反知性主義、トランプ現象の根元にあるのではなかろうか。

ふだんは理屈に押されて黙っている。しかし機会があると、反乱を起こす。それでもAIブームに見られるように、理性主義が世界を覆っている。

世界は一言では説明できない。じゃあ、何言あればいいのだ。いくら言葉を尽くしても無理でしょうね。学者の悲劇はそこにある。そこで話は『ファウスト』に戻るのである。

3　ヒトはＡＩに似てきている

理解と解釈の違い

世界を説明するのは無理だと述べた。世界は、結局不可解なものだとすれば、どうすればいいのか。わかったことにしてしまえばいい。つまり解釈すればいいのである。

ここで前提としておきたいのが、「解釈」と「理解」である。同じことではないかと思うかもしれないが、別物である。

「ああ、そうだったのか」と、「理解」は向こうからやってくるが、「解釈」はもともとこちらの都合である。こちらが勝手に解釈する。この意味で理解というのはより感覚系に近く、解釈はといえば、運動系に近い。理解は感覚の延長であり、解釈は運動の延長である。ただし両者は方向、つまり向きが違う。理解は外から中へ、解釈は中から外へ、である。

マルクス・ガブリエルは「思考は感覚だ」と言うが、思考が「理解」であるなら、感覚と言ってもいいように思う。

脳から見れば、理解は精確な認知の結果、つまり入力系＝感覚系から導き出された結論である。

風呂に入れば身体が軽くなる。これはだれでも経験的に知っていることだった。しかしアルキメデスは「排除した水の分だけ軽くなる」ことを理解した。その瞬間に、いままでただ漠然と軽くなっていた身体が、明確な輪郭を帯びて軽くなった。近眼が眼鏡をかけたときのように、世界のピントが合ったことになる。

「アルキメデスの原理」を当人が言語化したのは、感覚として理解した後である。理詰めで考えていって原理に到達したのではない。先にあったのはあくまでも「わかった」（ユリイカ）というひらめく感覚である。

これに対して、解釈は入力系＝感覚系ではなく、出力系＝運動系に属している。「出力系からする」理解と言ってもいい。

多くの場合、解釈というと文章を読み解くことのように思われているが、解釈の対象は必ずしも文章に限らない。解釈は、さまざまな対象を、表現として捉えようとする仕方だからである。

哲学には解釈学という分野があるが、理解学はない。これはやや不思議なことである。哲学は解釈をするが、理解はしないのかもしれない。世界はわからないのだから、無理もないか。

現代では解釈の対象はおおむね人為、人の作ったものとなった。文章はその典型だろう。自然の解釈は自然科学にもっぱら任されたからである。自然科学に頼らず自然を解釈すると、たとえば占星術になる。

文章でいうなら、理解は相手の書いている内容に素直に従う解釈である。それを自分の都合で読んでしまうのは勝手な解釈である。それをする人を独断的と言う。

一時期、「老人力」という言葉が流行した。ボケている、忘れっぽいといった特性を老人の弱点ではなく、能力であると考えてみては、ということだった。それに倣《なら》っていえば、こういう自分の都合でなんでも読んでしまう人は「解釈力が強い」というべきであろう。読解力より解釈力が優先する。ここで指摘したいことは、当たり前だが、解釈は相手の意図からは根本的には独立しているということである。

東京大学での現役時代、各学部の代表が集まった会議の席上で、医学部出身の森亘《わたる》総長から、当時の松尾浩也法学部長に御下問《ごかもん》があった。東京大学の総則の中と、各学部の規則の中に、ほぼ同じ文面がある。ただし語尾が少し違う。森さんは「こういう語尾の違いは法学部的には解釈が違うんでしょうね」と尋ねたのである。これに対して、松尾法学部長は開口一番、「解釈せよと言われれば、いかようにも解釈は致しますが」と答えた。

これが東京大学法学部の基本であるらしい。官僚が法律を作る時は、「いかようにも解釈できる表現」となるよう、鋭意努力するのであろう。

文学のように、その場に最も適切な表現を探して徹底的に推敲したり、理科系のように、可能な限り精確な表現を目指したりするのは、社会的にはいわば未熟な態度である。社会の実情を言葉で縛ることなど、どうせできはしない。でも法はそれをあえて縛ろうとするものだから、それならできる限りの自由度をあらかじめ確保しておくのが、大人の態度というべきであろう。

松尾法学部長の発言を聞いて、私は自分の未熟を反省したのである。

虫採りは運動である

運動系には基本的な性質が二つあって、しかもそれが相反している。一つは合目的的に行動することである。目的が定まれば、考えないで一直線に進行する。日常的に繰り返される動きは、歩くことのように、ほぼ無意識に、自動的になる。もう一つは試行錯誤である。部屋に飛び込んだスズメは、外に出ようとして、やたらに飛び回って窓に衝突する。人間の日常で言うなら、ラーメンにしようか、カレーにしようか、食ってみなけりゃ、本当に食いたいものはわからない、というようなことだろうか。われわれの日常は、この両極の間を往復している。

発言は、書くことを含めて、どうしようもなく運動である。筋肉を動かさないと、発言は不可能である。ALS（筋萎縮性側索硬化症）の末期では、すべての筋が動かなくなるので、情報の発信が不可能になる。脳波や赤外線計測のような、脳活動の外部的な指標に頼って、本人の意思を推定するしかない。それが言葉とどう違うかと言ったら、本質的には違わないと考えられる。ただし脳活動を計測する装置が言葉ほどに詳細を伝え得るかどうかは、装置の性能およびデータを読み取る能力に依存する。具体的には、いまのところ、完全には無理のように思う。

大学生の頃、自治会委員の学生がメガフォンを片手に何事かを怒鳴っているのを、登校時に連日聞いていたような記憶がある。それで発言は運動だという印象がしっかり染みついたのかもしれない。思えばあの運動も、学生「運動」の大きな部分だったわけである。

いまでは運動は健康のためにということになった。私は学生運動に限らず、いわゆる運動に昔から偏見があって、意図的に、いわば「動かすためだけに体を動かす」のが好きではない。なにかスポーツは、と訊かれたら、虫採りだけです、と答える。虫採りは虫を採るという意図、目的を設定すれば、あとは自然な動きのみである。まず五感を使い、それに続く運動といえば、歩くことから始まって、走って網を振り回す、木に登る、木の枝を棒でたたく、石を起こす、地面を掘るなど、ほとんどありとあらゆる動きが含まれる。

たたく棒は落ちている枯れ枝で、受け皿はビニール傘でもよい。この「ビーティング」という採集方法が私には合っている。私の知り合いに至っては、「木から木へと飛ぶ」のもいる。

仲間がいれば、ついでに発言という運動もできる。「おしゃべり」「虫の見せ合いっこ」とも言う。しかも対象が小さいことが多いから、手先も敏捷に動かさなければならない。虫を握りつぶしたり、踏みつぶしたり、肢《あし》をもいだりしては具合が悪い。これほど健康にいい運動はないと思うが、厚生労働省は勧めていないし、オリンピックにも採用されていない。

意味の意味を考える

他人の行動に関して、意図を読む、解釈するという作業は、ほとんど必然である。だれもが日常的に、他人の行動の意図を探っている。

だからだれかの行動が解釈できないと、「いったいどういうつもりだ」ということになる。さらにこれが「意味」と関連してくる。合目的的行動には目的という意味が含まれているからである。

解釈は常に意味と抱き合わせである。勝手な解釈であっても、解釈する側はとりあえず対象にそれなりの意味を与えていることになる。

ここでうっかり「意味」という言葉を持ち込んでしまった。意味とは何だろうか。意味の意味を問うことに意味はない。意味は先行的に理解されている言葉の典型であろう。われわれはある時、卒然として意味の意味を理解し、その理解が意味の意味になる。

広い文脈で捉えれば、「意味」とはある何かの体系のなかでの位置づけのことである。「本《ほん》」とは本のような形をしたもので、中には文字が詰まっており、それを読むことができる。ここでは本は感覚世界の中に具体的に位置づけられる。ふつうは本をそう理解しているのではないか。つまり具体的な事物については、直接に感覚世界に引き戻して位置づけ、そこに「これは本だ」という解釈ないし意味が発生する。ここでは意味と解釈とはほぼ同義になっている。

book という英単語の解釈ないし意味は「本」である。ここでは感覚世界だけではなく、日本語および英語という言語体系が召喚されている。この二つの言語体系は相互に照応しており、それぞれの体系の中での book ないし「本」はその位置がほぼ同じである。乱暴にそう見なされている、と言ってもいいであろう。

ここで重要なことは、「意味は外部（の体系、システム）を召喚する」ことである。意味そのものが独立して存在しているわけではない。たとえば社会的な行為は、お金になるかならないかで意味が発生したり、しなかったりする。お金にならなければ、意味がない。そう考えるとすれば、そこでは経済という体系、システムが暗黙の裡に召喚されている。「お金にならなければ、経済的には意味がない」のである。しかも意味は解釈と違って、価値体系が前提にされている。

この点は生物学における「機能」と同じである。機能とは合目的的に解釈された生物の行為または構造のことである。「この器官はこのためにある」「この行動はこのためである」という解釈に基づいて、私たちは機能を定める。

肺は呼吸、つまりガス交換という機能を持つ。そうした機能を措定すれば、その個体にとって、肺の機能は十分であるか、不十分であるか、それが測定できる。つまりその肺の機能効率が測定可能になる。

しかし肺が存在する理由について、その一つの機能だけに特定できるかどうかは本当のところはわからない。あくまでも、こちらが勝手にそのように解釈をしているのだ。

長嶋茂雄ロボットを創るべきか

特定の目的に限定して意味あるいは機能を定める。こうした思考は一世を風靡《ふうび》した、と言ってもいいであろう。経済では特にそうである。

日本経済の欠点は生産性が低いことである、とよく言われる。つまり生産性を計量化してみると、日本経済ではそれが低い値になる。だからダメだというのは、むろん他の面を測定していないからである。

肺が不十分にしか機能しないと、たとえば肺気腫《はいきしゅ》という診断が下される。まあ本人は曲がりなりにも生きているけれども、どう生きているかは、そのモノサシには入っていない。私は軽度の肺気腫で糖尿病だけれども、病院に行かないから健康である。病院に足を踏み入れなければ、そこで「意味がある」存在にはならないのだ。病は気から、と言うのか、認識しなければ存在しない。

しかし病院の検査基準値で私の健康度を測るなら、私は立派な病人であり、医療の必要がある。でも私はクソ忙しいので、病院に行っている暇なんかない。ドックに入る時間はないし、まして死んでいる暇なんか、もっとないのである。

むしろ意味が先にあって、解釈が成立する。解釈は出力系＝運動系に属す。そこで、だ。ここに理解という言葉を持ち込むと、ややこしいことになる。「意味を理解する」ことは、解釈に似ている、あるいは解釈と重なるからである。それは「意味」自体が理解の対象になっているためである。

行動は、通常であれば意図という意味を含んでいる。ゆえに「感覚系としての理解」の対象が運動系自体になってしまう。感覚系は運動系をどう理解するか、という問題と言ってもいい。でも理解はあくまでも入力系＝感覚系に属すから、たとえ運動系が対象でも、素直な認知である感覚系と、目的を求める運動系の間で、中立的でなければならない。

行動は中立的になれない。周囲に物理的、社会的にかならず何らかの影響を与えてしまうからである。政治はこの辺りの微妙な部分に発生する。だから面倒臭くて、私は考えたくない。

自分の動きですら理解しづらいものであることは、スポーツを見ればわかる。長嶋茂雄はその意味では範《はん》とするに足る。なぜあれだけ打てたのか。長嶋本人に言わせれば、「ピューッと来た球を、パーッと打てばいい」。あるいは「来た球にバットの芯を当てればいい」のである。理屈で言うなら、これは完全に古典力学の世界である。それなら計算上でできるはずということだ。つまり長嶋ロボットは作製可能である。それは碁将棋の場合と同じことである。

ではは長嶋本人が自分の動きを解説可能かというと、おそらく無理であろう。他の選手が長嶋の真似ができるかと言えば、それも無理。当たり前だが、運動自体を感覚系は直接には「理解できない」のである。

長嶋ロボットが出る試合なんて、私は見たくない。当人が理解できていないのにホームランが打てるからこそ、まさに超能力なのである。打つ方にとっても、見る方にとっても、そこが運動系の面白いところなのである。

長嶋茂雄が計算をしてバットを振っているはずがない。来る球を見てバットを振った結果が古典力学に合致しているのである。それが感覚系からの理解が教えるところ、つまり後知恵である。理解はそれでいいので、だから長嶋ロボットを創ろうというのは、意味がない。だって現に長嶋がいるんだから。

エイドリアン・ベジャン(『流れといのち』紀伊國屋書店)によれば、アメリカのプロ野球投手の身長は平均と比べると大きく伸び続けている。世界中のヒトの平均身長は1900年から2000年までにおよそ五センチ伸びており、投手のそれは、その二・五倍だという。投手というものは背が高い方が有利なのである。それが理屈というもので、つまり感覚系からの理解である。

イチローが引退する時に、近頃の野球は面白くなくなったというふうに言ったという。

理屈通りになっていくから、面白くないのであろう。打率から言えば、当然ここではこの選手を代打に出す。四割近い確率でヒットを打つ。面白くありませんね。結果としてそうなるにしても、感覚系からの理屈が、あらかじめ運動系を支配してはいけないのである。

運動、広義には行動は、試行錯誤を含めて、意図という意味を持つ。部屋に捕われたスズメなら、なんとかして外に出たいのである。そこでは行動の意味を理解することと、解釈することは、ほぼ同義になる。ただし理解は入力系、向こうから来るものだから、次の行動を本来は予期しない。「ああ、出られないで困っているな」でお終い。解釈は出力系だから、「じゃあ、出してやるか」に近いことになる。理解はしばしば意地が悪く、解釈は善意、悪意とどちらでもすぐに結びつく。頭のいい人はしばしば意地が悪いが、それは状況をよく理解しているからである。解釈力の強い人はおせっかいになりやすい。

どっちが先なのか

そもそもヒトが言葉を使えるようになるには、言葉を理解し、解釈する能力が必要である。言葉を理解したり解釈したりする能力の存在が、言葉を使う前提となる。世界を表現だとして捉え、解釈力で世界全体を「読んで」しまえば、古代人の宇宙観が生じる。一神教では世界の表現者は唯一神だということになる。だから創造主なのである。

いったん言葉が生じてしまった世界では、世界を読む能力はますます発展するはずだ。なにがなんでも、ともかくすべて読んでしまえ。こうして世界にも「意味」が与えられる。「世界を読む」あるいは「解釈する」能力は、ひょっとすると文字以前から使われた。だからヒトは古くから星を「読んだ」のであろう。それが星座であり、占星術である。

現代でもその流れは残っていて、直下型地震と地震雲の関係がネットに現れたりする。洋の東西を問わず、前兆というのも昔からある。イタリアでは、朝黒猫に会ったら、家から出直すという人までいるという。縁起を担ぐわけである。

言葉を発し、表現をする能力は、それを理解し、解釈する能力といまでは渾然《こんぜん》一体となっている。しかしともあれ、入力系と出力系は相携《あいたずさ》えて進化しなければならない。こういう風に送り側と受け取り側が結びつくがために、進化史を考える上で謎が生じた。

哺乳類は子どもに乳を飲ませて哺育する。乳を吸うために、哺乳類では唇と頰が初めて創られた。爬虫類や魚は顔の横から歯が見える。ゴジラもそうだ。哺乳類（単孔類をのぞく）以外の脊椎動物には、頰と唇がないからである。

乳児は母親の乳首に吸い付くから、乳首も哺乳類で新生されなければならなかった。口の中を陰圧にしなければ、母乳は吸えない。それには唇と頰（じつはさらに二次口蓋の癒合）が必要である。カモノハシは哺乳類だが、鳥のようなあの嘴《くちばし》では、乳は吸えない。だからカモノハシは乳首を形成せず、皮膚の一定領域の汗腺が変化して乳腺となり、その分泌物＝乳を子どもが舐《な》める。

では頰と唇の形成と、乳首の形成に、どういう因果関係があるのか。哺乳類は哺育のために、二つの別な場所に、別な構造を創らなければならなかった。それをどうやって実現したのか。あっちに乳首ができたから、こっちに頰と唇を創ろう。こっちに頰と唇ができたから、あっちに乳首を創ろう。だれがそう考えたのか。だれが計画したのか。

自然淘汰説では、進化は偶然の結果で生じたというのが最終的な説明となる。つまり試行錯誤という、運動系の基本原則で解釈する。壁や天井にぶつかって、最後に窓という出口を見つけたスズメが部屋から出ていく。さまざまな試行錯誤の結果、偶然、もっとも適した解にたどり着いた、という考え方である。

一方、自然淘汰説に対して、どうしてそうなるんだという疑問が絶えず生じるのは、感覚系が異議を申し立てるからである。感覚系は理解だから、理路整然でなくてはならず、「偶然そうなった」では理解の意味がない。感覚系も身の内で、それをシカトされれば誰でも怒る。ゆえに自然淘汰説には異論が絶えない。

「適者生存」がもてはやされる

現代社会でも、適者生存、自然選択が生じている局面がある。現に『ＡＩ救国論』（大澤昇平、新潮新書）の著者はそう言っている。若手のＡＩ研究者だそうである。詳しい研究は知らないが、中に興味深い論考があった。

「適者生存」がもてはやされた十九世紀、産業革命爛熟期のイギリス社会の価値観が、ＡＩ関係者の世界で再現されているらしい。

そもそも適者生存という言葉自体が、十九世紀のイギリスから生まれた。原典はイギリスの哲学者、社会学者、ハーバート・スペンサー（１８２０〜１９０３）だという。ダーウィンもウォーレスもその言葉を利用した。適者生存は同語反復だという理屈がある。

適者だから生き残り、生き残ったから適者なのである。じゃあ、適者ってなんなんだ。じつは偶然生き残ったんじゃないのか。

最も適応したものが生き残る、つまり“Survival of the fittest.”それなら世界はなぜヒトだけにならないのか。それは素人からときどき受ける質問である。

ダーウィンにとっては、世界にあまりにもさまざまな生きものがいることこそが疑問だった。つまり生物多様性である。

それを説明しようとして、進化論に辿り着く。

それで系統樹を描いたが、これはじつは多様性の解明にはなっていない。どうして多様化するのかについて、答えていないからである。系統樹は「そうなった」ことを示しているだけで、「おのずから」そうなったと言っているに過ぎない。考えているうちに、ダーウィンの考えは進化の機構に重点が移ってしまったのであろう。進化は時間軸の中での生物の変化である。その説明はできたが、ピカピカのタマムシならともかく、どうしてムダに肢の長いザトウムシやゲジゲジまで、ヒトと並んでこの世界に生存しているのか、相変わらずよくわからない。

これを偶然だよ、偶然、と言うと、また感覚系が怒りだすのである。

自己とはトンネルである

ここでは感覚という入力系と運動という出力系に分けて考えている。入力がいわば「折れかえって」出力に変わると考えると、入力から出力へ変化する折り返し点がどこかにあるわけで、それが「自己」の位置になる。この「自己」はあくまでも点であって、内容はない。自己になにかの内容を持たせると、そこに自己言及の矛盾が発生するらしい。『「自分」の壁』（新潮新書）では、自己とは「現在位置の矢印」だと規定した。矢印だと方向を持ってしまうが、ただの現在位置には方向はない。地図上のナビを例にとったから、矢印になってしまったのである。

入出力系の折り返し点が自己だという意味では、自己は中立である。出る方でも入る方でもない。運動でも知覚でもない。あるいは両方である。折り返し点は行きでも帰りでもない。まさに点であって、ユークリッド幾何学では点には位置だけがあって大きさがない。

自己もまた、内容があるようで、じつはない。周囲との関係で成立する。

「自己とはトンネルである」とはドイツの哲学者トマス・メッツィンガーが言ったこと

だが、トンネル自体は穴で、穴は中空でないと穴にならない。これは老子の言う部屋と同じである。部屋にモノが詰まっていたのでは、部屋としての用をなさない。トンネルにモノが詰まっていたら、トンネルの機能はない。

折り返し点のすぐ先で自分の「選択」が発生する。これを自由意志とも言う。

自由意志は明らかに運動系寄りである。キリスト教では人は理性と自由意志と良心を持つ、と教える。ここでの私の文脈では、理性は中立で、存在するものを受け入れ、自由意志は運動で、選択を重ね、良心は運動（行動）の結果を再入力し、良し悪しを吟味判断する。

だから社会的には理性は学者で、学者は世界を理解しようとする。自由意志は政治家や資本家で、両者は世界を自分の思うように、なんとかしようとする。良心はジャーナリズムで、ジャーナリズムはあれがいけなかった、これは良かったと、あれこれ批評する。

精神分析の意味

ここで「精神分析」を思い出す。学校で学ぶ際に、英文や古文の解釈でだれでも苦労したはずである。絵画を解釈するのを絵解きという。似たやり方でヒトの心理を解釈することもできる。これは精神分析と言われる。岸田秀の「唯幻論」はその典型である。岸田は個人ではなく、国家や共同体、たとえばアメリカ社会や日本社会も精神分析の対象とした。

アメリカはなぜいつも戦争をするのか。精神分析をしてみる。アメリカ人は先住民を虐殺し、その土地を奪った。それ以降、強迫的にそれを続けざるを得ない。アメリカの建国を正当化するためには、常に同じことを続けざるを得ないからである。ゆえに戦争ばかりしている。

日本はペリー来航以来、内的自己と外的自己が分裂しっぱなしである、というのが日本を精神分析した結果である。本音と建て前、とでも言えるだろうか。

また、要するにヒトは本能が壊れた動物であるから、「幻」を必要とするとも唱える。性にまつわるすべては、性的唯幻論で説明可能である、と。社会の反応を「幻」として説明すれば、史的唯幻論ということになる。詳細は岸田の著書を参照されたい（『ものぐさ精神分析』『唯幻論始末記』など）。

岸田の説では、歴史は強迫的に繰り返される。日本では「明治維新」以来、「維新」

とつけて変革を起こそうとする動きがあるが、こういった歴史の踏襲はなかなかに免れないと言える。

先ほどのキリスト教の理性と良心の話を岸田流に解釈すれば、このキリスト教の個人の規定は、キリスト教社会の現実を個人に適用したものだ、ということになる。岸田はフロイトの言う個人における性の抑圧は、当時の社会的な傾向を個人の心理にあてはめたものだと考える。

ヒトはＡＩに似てきている

私は岸田と同じ論法を使って考える。社会と個人の関係を考えるうえで、ここはきわめて重要な点である。私はそう思う。ヒトは適応性の高い生きもので、極寒の地に住むイヌイットから、熱帯雨林に住むピグミーまで存在する。

同様にして、ヒトはＡＩ社会に適応してしまう可能性が高い。その意味でじつはＡＩがヒトに似てくるのではない。ヒトがＡＩに似てくるのである。

社会がＡＩ中心に動くということは、個人がＡＩのように動くことになる方向性を意味する。なぜなら岸田が言うように、個人は社会を自分に投影するからである。ヒトと社会は不可分である。個人主義の危ういところはそこにある。自分の意思のつもりが、じつは世の中に流されているだけ。

人生を選択の連続と考えるのがアメリカ風らしい。うまく正解を選択して行けば、アメリカン・ドリームが実現される。下手に選択していけばホームレス。どちらにしても自己責任、自分のせいである。

私は日本人だから、人生は行き掛かり、要するに周囲の事情で決まると考える。こうするしかしょうがないんです、そういうつもりはないんですけどね。

人生とはそんなものであるらしい。

五輪選手の身体検査は異常値を出す

ここで五輪について考えてみる。個人的に私は五輪と無関係である。念のため繰り返すと、いわゆる運動は以前から苦手で、健康保持のために何か運動をしていますかと訊かれると、虫採りが唯一の運動です、と答えることにしている。身近に運動選手がいるわけでなし、知人友人の中に五輪関係者がいるかといえば、まったくいない。近しい人たちはおおむね五輪にはじめから反対ないし無関心で、古武術研究家の甲野善紀さんに至っては、あんな身体の使い方は邪道だと、二十年前から怒っている。

五輪に無関係な者がなぜ五輪に言及するかというと、新聞にコロナのことを書いたときに頼まれたからである。その際に嫌だと言えばよかったのだが、断るのが面倒だから、書くと言ってしまった。なにかを面倒くさがると、かえって面倒な結果になる典型である。

私自身はもともと系統解剖学の出身で、この学問は正常な人体を系統＝システムに分けて研究するというものだから、身体を使う五輪と関係は深い気もするが、私が調べたのは死んだ人の身体だけで、生きている人は扱わなかった。

現在の医学は正常と異常を正規分布を前提として計算して決めるから、糖尿病や高血圧と同じ論理で、五輪選手の身体を検査したら、ずいぶん異常値が出るだろうと思う。大相撲の力士は、検査値の上では、ほぼ糖尿病と診断される。以前にそう聞いたような気がする。

以下にシステムという言葉を使うが、これは系統解剖学という私の元来の専門に由来する概念である。人体は骨格系、筋肉系、神経系などの「系＝システム」からできており、それぞれの系は基本的な単位（社会なら個人）で作られており、その上に複数の階層が存在している。その最上階が人体になる。これは人体という複雑な構造を見るときの伝統的な見方であって、私はそれを人間社会に勝手に応用しているだけである。というより、私はそれしか見方を知らないのである。

五輪といえばスポーツなのか

今回の五輪は、誘致の話が出た頃から五輪と直接には無関係な提案が、個人からとはいえ、いろいろあった。自分が五輪に直接関係がないと思っていたため、五輪自体より、無関係と思われる人たちの発言に興味をひかれた。

建築家の安藤忠雄さんが東京都の臨海地域に植樹をして徹底的に緑にするという案を出していたと思う。国立競技場も建て替え反対運動が生じて、森まゆみさんから連絡をいただいた。それで私としては珍しく反対署名をした覚えがある。

最初の設計は廃案になり、結局は隈研吾さんに頼むことでめでたく落ち着いた。ほぼ出来上がった競技場を見ながら、漫画家のヤマザキマリさんと対談をしたが、内容はすっかり忘れた。マリさんは以来ずっと「オリンピア・キュクロス」という作品を描き続けている。隈研吾設計の国立競技場には四十七都道府県それぞれからの材木が使用されているはずである。

２０１６年にブータン旅行をしたときに、同行した長野県南木曽《なぎそ》町で林業を営む柴原薫さんと、出雲大社の最初の形を復元して五輪の聖火台にしたらどうか、という案を語り合った。この人は、輸入材に押される国産木材に、付加価値をつけて林業の復活をしようというユニークな人だ。

最初の出雲大社は現在の二倍ほどの大きさがあって、当時柱に使われた大きさの樹木がもはや日本にないと聞いていた。柴原さんは世界中探せばあるだろうと考えていた。五輪が終わったら、出雲のどこかに置けばいいわけである。柴原さんはすでに簡単な見積りを済ませており、巨額とはいえ、おおよその金額もわかっていた。

なぜこういう案に私が惹かれるかというなら、私のような五輪を自分と無関係だと思う人をできるだけ減らすような、国民運動が五輪を機にできないかと思ったからである。本当ならそういうことは政治家が考えることだと思うが、五輪といえばスポーツだという頭が固まっているのではないか。お金が必要なら適当な形で、こういう案には国民から募金すればいい。めったにないお祭りの寄付だから、良い案さえあれば国民運動になり得ると思う。

私が木材に関心をひかれたのは「日本に健全な森をつくり直す委員会」という長い名称のNPOで役に立たない委員長を十年近くやっていたからで、いくら森を育てたところで木材に使い道がなければ林業は成り立たない。それには古典的な木造の建物を建てるのがいちばんいい。伊勢神宮の式年遷宮に使う木材を神宮の森から自給する計画が立てられたのは大正年間で、以来実際に進行中である。森のことを考えるには、ゆっくりとした時の流れが必要である。

巨大システムへの違和感

現代はグローバルなシステムが林立して、それぞれがあまりに巨大化したから、個々人はただそれらに振り回されるだけと思わされていないだろうか。各システムについての理解と制御が困難になってきたようでもある。

聖火台の案も、システムが動き出すまでの話題の一つになってしまい、いったん動き出すと、決まったことが、決まった方向に、決まったように進んでいく。大きなシステムほど物理学でいう慣性が大きくなって、止めようにも止められなくなる。

一般の人は、そこで「自分は関係ない」という気分になってよそを向いてしまうか、関係者ならシステムに組み込まれて、不明な誰かの意のままにされてしまうという感覚になる。五輪もそうしたシステムの典型であろう。

システムそれだけでも運営が大変なんだから、システム間の問題になると、そもそもどちらが主導すべき問題なのかを含めて、ほぼお手上げ、というそんな状況が発生する。その中でなんにでも関係するのが政治だから、五輪と政治の関係を論じる人は多い。しかし政治情勢の変化は速い。フェイクニュースまで含めて政治に関わる論議は印刷媒体よりＳＮＳに適した分野といえよう。五輪開催賛否の議論は五輪が開催された時点でＳＮＳ上では終結せざるを得ないというスピード感を持つ。

今回の五輪開催に反対が多かった理由には、一つはコロナで大変なのに一体なにを考えているんだという趣旨が多かったから、時期が悪かったことがある。しかしその大きな背景として、巨大システムの動きに日頃違和感を感じている人が多いことが根本的ではないかと私は疑う。コロナ問題が大きく関係したのは間違いなく、友人の池田清彦は極端な悪口を言う癖があるが、「殺人オリンピック」とまで書いていた（『平等バカ』扶桑社新書）。

個人の存在が急激に薄れていく

さらにこの間に、ＧＡＦＡが示すような情報流通システムの革命が極めて短期間に進んだことによって、各システム内部の人たちで共有される時間感覚にズレが生じた可能性も無視できないであろう。

オリンピックの東京への招致が企画された石原慎太郎都知事の時代と現在では、コロナを含めて社会の事情が急速に変化してしまい、都政や日本の政治というシステムに属する人たちの時間感覚とＩＯＣ（国際オリンピック委員会）に代表されるグローバルな時間感覚にズレが起きていたのではないか。そもそもどうして五輪の東京誘致だったのか、開催時にはすでに、ほとんど意義がわからなくなってしまっていた。

この稿を起こす前に、今回のオリンピックに関する言説を少し当たってみたが、五輪開催の是非に関する論考以外では、『Ｖｏｉｃｅ』（２０２１年８月号）が「五輪論争の盲点」を特集して、舛本直文、村田晃嗣、井上寿一、池田謙一という四人の論客に大所高所からの視点で五輪を語らせている。その中にはさすがに五輪不要という極論はなかったと思う。『中央公論』（２０２１年９月号）では筑波大教授、柔道家の山口香さんが東京五輪をグレート・リセットの好機として未来へつなげと、将来像を語っている。ＪＯＣ

(日本オリンピック委員会)の理事を務められた人でもあるから、こちらは内部的な視点といえよう。

五輪が大きくなりすぎたことは多くの人が認めるように思う。都市開催にこだわるのであれば、毎回アテネでやればいいじゃないか、という意見もある。国家や政治、経済やＧＡＦＡを含めて、強大なシステムが個人の理解と行動をはるかに超えてしまった世界に我々は生きている。要するに全貌が簡単にはつかみきれない。五輪に関する紙上の議論も多岐にわたって、読むほどに混乱してしまう。それでも、面倒だからやめてしまえという暴論は顕在していない。

社会のシステム化によって個人の存在が急激に薄れる時代に、オリンピックは身体を通じて個人の存在を目の当たりにさせ、観客にカタルシスを与える。当然ながら身体こそ個人であって、心や論理は万人に共通でなければ意味がない。しかし身体性が優先するのは本来は都市ではない。田舎である。その意味で五輪が現在巨大都市中心に行われるのは基本的な矛盾というしかない。アテネは古代都市だったから、その矛盾が感じられなかったのであろう。それならアテネで常に行うというのも、一つのあり方かもしれない。

パラ五輪というシンギュラリティ

ところでパラ五輪はどうだろうか。私は義足の走者が通常の走者の記録を超す日をＡＩでいうシンギュラリティと考えている。もしそうなれば、いわゆるサイボーグが現実化する日として、歴史的なエポックとなろう。ヒトがＡＩに近づくのである。碁将棋でコンピュータが勝つよりも、影響は大きいのではなかろうか。

東京五輪がなんとか無事に終了したことは日本政府にとってめでたかったというべきであろう。直下型地震も大規模な洪水もなく、重大な自然災害はコロナにとどまった。おりしもニューヨークは大水害が伝えられている。こうした自然災害の時代に、東京五輪を強行したことは、かなり大きな賭けであったと思う。

将来日本で五輪が行われる機会が再びあるだろうか。立候補したい人はいるだろうし、百年後はわからないが、この先五輪に立候補する都市がどのくらいあるかは、関係者がいちばん良く知っているはずである。もう十年待てば、五輪の存否に関して、世界的にかなり明瞭な解答が出てくるのではないか。それが可と出るのか、不可と出るか、私にはわからない。

4　人生とはそんなもの

医者にかかれば医療制度に巻き込まれる

本書のもとになる連載は、雑誌『新潮』に掲載されていた。連載の第一回目の話題はコロナから始まったが、病気はコロナだけではなかった。そんなものなのである。

令和二（2020）年の六月に入ってから、私自身が別な病で倒れてしまった。六月四日の虫の日に、恒例としている建長寺（鎌倉）での虫塚法要をなんとか終えたものの、一年ほどで体重が七十キロ台から五十キロ台にまで落ちていて、その上、中旬になんだか体調が悪いと感じたので、いわゆるコロナ鬱かなどと思いつつ、長年の不養生もあるので、検査のために大嫌いな病院に行こうと決心した。

たかが病院に行くだけなのに、なぜ「決心」なのか。このことには少しばかり触れたが、現代の社会状況ではいったん医師の手にかかったら、医療制度に完全に巻き込まれるからである。自分がいわば野良猫から家猫に変化させられることになる。そうなると甘いものがどうとか、タバコはやめろとか、日常食べるものから嗜好品まで、いいとか悪いとか、小さな行動にも点数が付く。

委細構わず好きにすればいいかというと、周囲が医療制度というシステムにすでに巻き込まれているから、あれこれ言われてしまう。コロナ自粛下におけるさらなる自粛の強制みたいなものである。

そこで周囲と対立喧嘩しても大人気ないと思うから、衆寡敵《しゅうかてき》せず少数派の私が折れることになる。そうすると私自身の人生なのか、医学が指定する人生なのか、よくわからなくなってしまう。

そんなことどうでもいいじゃないか、もう年だから野良として暮らそうが家猫になろうが、いずれにしても残り人生は長くない。そう観念して、古巣の東大病院に行くことにした。たかが病院に行くまでがこの騒ぎだから、こういう性格はストレスが多い。

あっという間に入院

主治医としてお願いしたのは、大学の後輩の中川恵一医師だ。中川氏とは共著や対談本を作ったこともあり、私のような医療界の変人の意見もよくわかってくれている。東京大学医学部附属病院勤務で、もともとは放射線が専門だが、終末期医療の造詣も深い。

そのとき私は八十二歳、重大な病気があれば、そのまま終末期医療に移行せざるを得ないので、もはや終末期だと勝手に決めてしまった。私の患者としての主訴は、なによりも、この一年間で十五キロの体重減少。あとは、なんだか調子が悪い、元気がない、やる気が出ないといったいわゆる不定愁訴だけ。

病院の外来診療棟に行き、まず心電図と血液の検査、それからCT。それが済んで中川医師の診察、この時に既に私は呂律《ろれつ》が回っていなかったそうで、中川さんの機転で念のために追加の血液検査を受けることになった。待合室にいると、中川さんがやってきて、「心筋梗塞です。循環器内科の医者にもう声を掛けてあります」と告げた。

中川さんも驚いたであろうが、私はポカンとしていた。今日は検査を済ませて帰り、またいらっしゃいと言われるに違いないと決めつけていたからである。この日は、東京まで出てきたから、帰りに山の上ホテルで天ぷらを食べて帰ろうと家内と相談していたくらいだった。

心筋梗塞は、通常なら痛みが伴うはずだが、おそらく糖尿病のためか、私はまったく感じていなかった。そのいきさつは中川恵一医師との共著『養老先生、病院へ行く』（エクスナレッジ）に詳しいので省略する。

タバコを吸うので肺ガンの可能性は考えていたが、そうではなかった。中川さんは、糖尿病の悪化か、ガンを考えていたようだ。ただ、この前の三日間はやたらと眠くて仕方がなかったのを覚えている。その身体の声に従ったわけだが、とにかくこの日、即入院となる。

心電図には心筋梗塞の波形が出ていたはずだが、心電図をとってくれた技師は何も言わず、表情も変えていなかった。心電図はごく普通にやる検査なので、梗塞を示す心電図が出てきたら、なにか検査技師から反応があってもいいはずである。正常な心電図しか出てこないのが、ふつうに違いないからである。血液検査には心臓の筋肉細胞が壊れて排出される酵素が高値で出ているはずで、その二つがそろったから診断が決まったと主治医は言う。そのままＩＣＵ（集中治療室）に入院と決まった。

後から聞いたところでは、心電図にはＳＴ上昇という心筋梗塞を示す波形が見つかっていた。心筋梗塞は、動脈が詰まって心臓に血液が届かなくなる。血管が詰まっているという状態を察知し、追加の血液検査をしたのだ。結局、左右の冠動脈二本のうちの左冠動脈の枝の末端が閉塞していた。

数日遅れていたら、冠動脈の主要部分が詰まっていた可能性もあるそうで、命拾いとはこのことだった。

病室の幻覚

ＩＣＵでは循環器の専門家による心臓カテーテル検査待ちで、しばらくただ寝ていた。部屋の窓から廊下の窓の隅が四角く切り取られて、そこから外が見える。

見えるのは隣の建物の外壁に過ぎないが、この眺めが世間との唯一のつながりだなと思う。私のいる狭い部屋と外の世界との連結はいま見えている小さい四角枠の中だけだ。私のいる部屋の側には、付き添ってきた家内と娘、医師と看護師を含む数人の医療スタッフのみが入っている。

あの枠を私の今いるＩＣＵと外界とをつなぐ通路の断面とすると、この細い通路が切れたら外の世界とは縁が切れるなと感じて、それも悪くないと思った。つい最近『死を受け入れること』（祥伝社）という小堀鷗一郎さんとの対談本を出したばかりである。

小堀さんは在宅医療にたずさわり多くの患者さんを看取ってきた医師で森鷗外の孫にあたる。

この対談の時には私は在宅死が望ましいと思っていたが、家族と医療スタッフのみの世界で他界するのも悪くないと感じるようになった。こういう種類のことは、なかなか具体的に実感する機会が少ない。

カテーテルによる検査とステントの処置が終わって、同じＩＣＵの部屋に戻った。ベッドの頭のほうを高くしてくれたので、部屋の中央を見下ろす感じになる。そこにモニターが置いてある、と思っていたが、じつはそんなものは置いてなかったので、いま思えば、幻覚である。

年齢のためか病気のためか、よく幻覚を見るようになっていた。幻のモニターに映っているのは年配のお坊さんというよりお地蔵さんという感じの像、摩崖仏《まがいぶつ》のように五人ほど並んでいる。左端はピントが合って明瞭だが、右に行くほど不明瞭になって、単なる砂の塊みたいでもある。画面の右下にはもっと小さな若い人たちの群像があって、同様に灰色をしている。部屋の中では、中央のモニターの右下に小さな別のモニターがあって、中央と同じ画像の縮小版が映っている。ただしこちらは何か不穏《ふおん》である。

内容はわからないが、問題が起こっていることだけはわかる。それで私の気持ちも騒がしく不安になるが、そのわからない問題を中央のモニターに持っていくと解決する、私の不安が消えるからそうわかる。説明がよく理解できないかもしれないが、夢か現《うつつ》か、幻かというものを説明しているのだから、本人だってわかっていない。そのわからなさ加減自体が夢幻を示している。

後で思いついたことだが、砂色のお地蔵さんは、ひょっとすると阿弥陀様だったのかもしれない。こちらの信心が不全というか不十分だから、極彩色の来迎図《らいごう》にならず、浄土へ道案内してくださるお迎えが地蔵菩薩のお姿になったのかもしれない。あるいは浄土も合理化でこのところ「お迎え」も地味になったのかもしれない。いずれにしても私は菩薩について行かなかったので、娑婆《しゃば》に戻ってしまった。菩薩がモニターに現れたという表出は、このご時世でお迎えもリモートになったのか、と疑う。

病院には二つの出口がある

成人してから、こんなに長く二週間も入院したのは初めてだった。ＩＣＵで二日を過ごして、循環器内科の病室に移動した。一般病棟である。こちらは普通の病室で、十二階にあるので窓から外がよく見える。眼下は旧岩崎邸庭園で、梅雨時の緑が目に痛いくらいである。

今度の病室には本当のテレビがあって、リモートのお迎えはもはや来なかった。病状が安定して阿弥陀様には見放されたらしい。

病院から出るには二つ出口がある。一つは一方通行で、他界へと抜ける。もう一方は娑婆に戻る。現在の病院では後者の機能が大きくなっている。そうでない方はホスピスなどと呼ばれる。

昔から病院はこの二つの出口を持っていた。だからお寺や教会に付属していたのであろう。近代医療は寺や教会の機能をまったく果たさなくなった。その代わり患者の状況を徹底的に物理化学的に精査する。それで時間を潰す。

本書の最初に述べたように、微細な科学的データなら無限に採れるので、科学的に状況を知るという名目で、徹底的に「検査」し、死までの時間を埋めるのであろう。最近はムダな検査、ムダな治療をやめようと言われることが多いが、この論理はそのままムダな人生はやめようにつながりかねないので、世間的な力はあまり持たないと思う。

とにかく、私が出たのは娑婆の出口の方であった。

それまでにピロリ菌は見つかるわ、大腸ポリープはあったわ、で、おまけに肺気腫もしゃしゃり出てきた。やはりというところ。まず、ピロリ菌は五歳未満で感染するものとされており、八十年の付き合いになるので、これからも付き合うことにした。大腸ポリープも小さいのでいまさらなのでそのまま。肺気腫は軽く、だいたいが喫煙しているのでウィズすることにした。その代わりに、Netflixを最近よく見るので、白内障の手術はこの機会にと受けることにした。視界は良好である。

とりあえず、今日は生きている。

「生きる」とはそういうことらしい

免疫学者の多田富雄は、東大医学部で私の同僚だった。でも年齢は多田のほうが四歳くらい上である。晩年に脳梗塞を起こして、仮性球麻痺になった。延髄の近くがやられたのである。そのため右半身に麻痺が出て、言葉が不自由になった。指でキーボードを打って音声化し、会話をしていた。

その状態で『寡黙なる巨人』（集英社文庫）を執筆し、小林秀雄賞を受賞した。その中で、麻痺になってから、「毎日生きることを実感している」と書いた。

「生きる」とはそういうことらしいのである。

生きること自体に努力が必要になる。そういう状況では、人は生きることを実感する。振り返れば戦時中がそうだった。

昭和十九（1944）年、小学校一年生の時に、腹部の膿瘍《のうよう》で東大病院に入院したことがある。子どもだったから、生きるとはいかなることか、などと考えはしない。でもさまざまな記憶が残っている。

ある日、隣のベッドに同年配の女の子が脳腫瘍で入ってきた。とても元気で明るい子だったが、翌日には手術となり、手術場から死んで戻ってきた。わずか一日の出来事だった。

私の人生と、だれとも知らぬあの子の人生が、あそこで一瞬交錯した。あの子と私とに、いったいどういうご縁があったのだろうか。そもそもあの子の人生とは何だったのだろうか。生きるとはそういうものか。いまでもときどきそれを思う。

戦時中の入院生活

入院している間、母は鎌倉で病院を開業していたから忙しく、病室に顔を出すことはほとんどなかった。

あるときその母が看護師さんと一緒にやって来て、重箱に詰めた料理を運んできた。どこで手に入れたか、知らない。たいへんなご馳走に見えたから、よく覚えている。なぜか味は覚えていない。

病院の食事は酷いもので、味噌汁は落語に出てくるのと同じだった。黒豆が入っているかと思ったら、自分の目玉が映っていた、というアレである。しかも味噌が一般には手に入らず、それらしく薄い茶色がついていたが、味わっても味噌の味ではなく、単なる塩味に近いものだった。

そういう状況でも、X線の透視のためのバリウム剤はオレンジ味だった。白い薬剤になぜオレンジの味がするのか、それがきわめて不思議に思えたから、いまでも覚えている。

実際の手術の場面は、麻酔がかかるまではよく記憶に残っている。後に医学生になってわかったが、東京大学医学部には外科講堂という建物があって、階段教室になっており、中央で手術が行われ、学生はそれを見学したのである。医学生時代にはすでに手術室は別棟になり、手術灯に仕掛けたテレビカメラで撮影し、外科講堂でテレビを通じて手術を見学するようになっていた。手術の局所だけをカメラ越しに見せられても、なにがなんだか、さっぱりわからなかったが。

私が入院した時は、その外科講堂をまだ実際の手術に使っていた。だからそこに運ばれた時には、大勢の見学者つまり医学生がいた。エーテル麻酔をしようとしたが、そこで私が騒いだので、執刀者の清水健太郎さんが切迫した口調で「クロロホルム、クロロホルム」と言っていた。すぐにクロロホルム麻酔がかかって、意識がなくなったから、むろん後は記憶がない。

後に知ったことだが、クロロホルムは危険である。千人に一人とも言われる死亡例があり、さらに肝障害を起こす。麻酔が覚めた後も吐き気が止まらず、数日苦しんだ覚えがある。いまでもエコーで見ると、肝臓に水が溜まった空洞の部分があり、その時の壊《え》死《し》が関係しているのかと思ったりする。

当時はまだ抗生物質がなかったから、手術創は開いたまま、リバノール（消毒薬）を浸した黄色いガーゼを創に詰めて、「下から」治っていくのを待った。術後はもっぱらこのガーゼの交換だけが必要だったのである。当時の手術痕がきわめて大きいのは、そのためである。いまは術後に縫合してしまうから、傷がほとんど目立たない。抗生物質のおかげである。入退院時に、鎌倉と東京を往復したはずだが、不思議なことに、それは一切記憶に残っていない。そうした日常に属することは、記憶に残りにくい。これはよく知られたことである。

いつ死んでも不思議はない

終戦の日、昭和二十（1945）年八月十五日、私は神奈川県津久井郡中野町にいた。現在の相模原市緑区、津久井やまゆり園のある土地だ。ここは母の実家で、祖父母と叔母が当時住んでいた。母の実家は山の斜面にあり、水道がなく、山から水をひいていた。そのため終戦直後に赤痢が流行し、私も疫痢にかかった。

祖父母も叔母も亡くなり、私は生き延びた。この時代をなんとか生き延びたから、後の私の人生がある。人生は自分だけの都合ではない。当たり前だが、さまざまな社会的状況で定まる。

子ども時代を考えると、いつ死んでも不思議ではなかったなあという気がしてくる。そもそも東大病院なんか、生きて出てくる方が不思議だったのである。どこの医者に行っても匙《さじ》を投げられ、もういけませんというので、最後の望みとして患者さんがやってくるのが、東大附属病院だったからである。私がインターンになる昭和三十七（1962）年でもまだそうだった。

後年、昭和四十年代のこと、私の長男が池に落ちる事故に遭って、東大病院に入院した。無事に退院するときに、小児科でお祝いをしてくれて、お祝いの言葉として、当時の婦長さんに「この病院から退院する子は珍しいんだからね」と言われたらしい。親子二代、無事に退院できたのは、誰のおかげであろうか。

自分が退院したのは、いつのことか、これもはっきり覚えていない。入院を含めて、退院の記憶も曖昧だ。昭和二十年の春だったのであろう。入院中に東京の空襲が激しくなり、病院の窓ガラスが震えた。神田あたりに爆弾が落ちたという噂だった。患者全員が病院の地下に避難した日があった。

戦後を拒否してきた

小学校時代を思い起こしてみると、書くことがないという気がする。この部分をもう少し補足したら、と編集者の足立さんに言われて、書こうとして気づいたのだが、子ども時代に限らず八月という月は私にとってイヤな月である。暑いというだけではない。

いろんなことを思い出すのである。

夏休みなので、現職時代には、八月は外国に出張することが多かった。たまたまテレビを欧州で見ていると、日本に対する戦勝記念日の祝賀パレードのニュースが映ったりする。なんとも言いようがなく気分が悪い。八月は思い出したくないこと、思い出しても仕方がないことが多い。

戦後について、強く印象に残っているのは食糧難と教科書の墨塗りである。この二つが後々まで人生に大きな影響を残した。この教科書に墨を塗った体験を、私は自分が言説を信じず、社会貢献に消極的で、人文社会科学を学びたくなかった理由だと考えていたが、じつは違った。私は戦後の社会自体を受け入れていなかったのである。つまり心理的に抑圧した。八月はたぶんそれを思い出させる月だから嫌いだったのであろう。

直接の記憶ではないにしても、敗戦から連想される出来事がいくつもある。東京裁判を頂点とする多くの戦犯裁判、戦争犠牲者とその追悼。箱根町では八月十五日、町の放送で正午には戦没者慰霊のために一分間の黙禱、というアナウンスが流れる。実兄の予科練からの帰宅や戦後の平和運動などなど。

令和三(2021)年の八月初め、広島ホームテレビにたまたま出演する機会があった。もちろん六日の原爆投下がらみである。高校生も出演していて「原爆を忘れるな」という前提で作られた番組だから、私は高校生に何を伝えるかという段になって、なんとも困惑した。

その理由を考えているうちに、遅まきながら気が付いた。私はたしかに「戦後を生きた」のだが、それをまっすぐ素直に受け入れてはいなかった。だから八月がイヤな月だったのだなあ、と。

自分が拒否したものに気が付けば、なんということはなかった。戦前がウソなら戦後日本もウソの塊だと思えたらよかったので、「一億玉砕」「本土決戦」と、「平和」「民主主義」を同じようなものだと見れば済んだのである。

厳密に言うなら、私は日本社会そのものを受け入れていなかったので、一種のヨソ者として現代社会を生きてきたのだと思う。それを受け入れてくれる余裕が社会にあったのは、ありがたいことで、この年齢までなんだか「生きにくい、所を得ない」と思ってきたのは、私が社会を拒否してきたからで、生きにくかったのは、社会を受け入れていない自分のせいで、社会のせいではないと、八十歳を超えて遅まきながらやっと気が付いた。

最後の親孝行

私の母は、実家を捨てて都会に出て来た人で、自分の父親に勘当を三回返した、と威張っていたし、父はといえば兄弟が多く、都会へ出て、いまでいうサラリーマンになった。そのどちらかが故郷の旧家の出身で、それにまつわる諸々を引きずっていれば、私自身も早く日本に故郷を発見していたかもしれないと思う。根無し草、デラシネという言葉が自分のことだとは気が付いていなかった。

母は開業医で、生涯それだけを続けた。一切の公職につこうとせず、医師会の役員ですら拒み続けた。母が九十五歳で大往生を遂げた後、朝鮮日報だったかの記者という人が来て、戦中に母が在日の人たちを差別なく親切に医療を行ってくれたという趣旨で、母の思いを尋ねてきた。

私ははかばかしい返答をしなかったが、母自身が日本社会を受け入れていなかった人だったと気が付いた。勘当の話もそうだし、公職を嫌ったこともそうだった。そうした母にとって、社会から排除される人たちをいわば普通の人として扱うのは当然だったに違いない。

家の中でいうなら、兄は予科練で終戦を迎え、戦後は早稲田大学に入ったが、一生定職に就かず、友人と酒ばかり飲み、母からもらった授業料を酒代に使ってしまい、母は授業料を何度払ったかわからないとこぼしていた。その実、母はその兄を一番かわいがっていた。

私が東大の教授を務めている時期に、「子どもたちの中で一番心配なのはお前だ」と私に言うのが口癖だった。社会を受け入れないままで、一応の社会的「成功」らしいものを手に入れている息子に、それはお前の本性とは違うだろうと、母親として危惧を感じていたのであろう。ここまで考えると、私が社会を受け入れなかったのは、敗戦のせいだけではなく、母親の影響が強かったのではないかと気づく。

そういえば、大学を退職する一年前に豪州で虫採りをしている私の番組がNHKで放映された。それを見た母親が「子どもの頃と同じ顔をしていたので、安心した」と私に言った。大学を辞めたので、もっと安心したであろう。思えばそれが私の最後の親孝行だった。

遅れてやってきた敗戦

令和三年八月の広島ホームテレビのおかげで、私は自分の心理的な抑圧に気が付いた。虫採りでは東南アジアのどこにでも行ったが、中国と朝鮮には行っていない。フィリピンには行ったが、抑圧が外れるかもしれないという意味で、危ないところだったと思う。マニラからパラワン島に飛ぶ飛行機の中から緑の島々を見下ろしながら、特攻隊の兵士たちも同じ風景を見たかもしれないなという感慨が浮かんできたからである。抑圧なんて、とうの昔に外れてもよかったのだが、そういう機会はなかなか来ないのである。

広島ホームテレビでの気づきの背景にあった、いちばん大きな抑圧解除の導因は加藤典洋さんの死である。令和元（2019）年のことである。

私と加藤さんとは古い付き合いで、最近では新潮社の小林秀雄賞の選考委員という関係で、年に一度、顔を突き合わせて議論する機会があった。さらに私設の「忘年会」には加藤さんは必ず出席してくれていた。ご著作の『言語表現法講義』（岩波書店）は小林賞の前身である新潮学芸賞を受けていて、私はその時の選考委員だったかもしれないが、もう忘れた。近年私の机の傍らにはいつも『敗戦後論』（ちくま学芸文庫）が置いてあったが、読みかけては諦め、を数度繰り返した。本気で関心を持てなかったからである。

それでも本を置いておいたということは、なにか気づいていたのであろう。加藤さんの訃報を聞いてから、なんとも受け止められずにこの本を片付けてしまい、今回これを書くにあたって、見つからないので買い直した。戦中戦後の日本を封印していた私に、この面倒な本が読めるわけがない。そう思っていたが、今回あらためて読んでみると、今度は素直に読めた。ああ、そういうことか、と思った。

加藤さんの没後、『大きな字で書くこと』（岩波書店）を受け取り、加藤さんの父上が特高（特別高等警察）だったこと、加藤さんがそのことを巡って父上としばしば対立したことを初めて知った。ここで大学紛争が私に与えた大きな影響が何であったか、個人的に理解できた。いわば紛争は遅れてやってきた敗戦だったのである。父親の世代は実際の戦争での敗戦を受け止めたが、紛争はその子どもたちの世代、団塊との模擬戦争だった。

紛争世代のその後を云々する人があるが、あれが「敗戦」で終わって、全共闘が無事に日本社会に適応していってしまったことは「歴史が繰り返した」だけのことであろう。大学紛争時に、私はしばしば戦時中が戻ったという印象を受けたが、それはそのはずだったのである。

加藤さんは自称全共闘だったが、加藤さん対大学という、その立ち位置は、加藤さんと父親の関係に重ねられる。他の学生たちにも同じような立場の人が多くいたはずである。加藤さんは自分の父親が特高であり、戦時中にその立場から地元のキリスト教指導者を反国家的と見なし、いわば「迫害」したことを知り、謝罪せよと父親に迫ったらしい。

その「形」は大学紛争時にもきれいに出た。紛争時に医学部でとくに「追及」された教授は、731部隊（関東軍防疫給水部本部）の関係者であったとか、戦争との何らかの関与が認められるとされた人たちだった。当人の直接の関与はともかく、それに類した間接的な「戦争犯罪」があったであろうことは、当時の私も気づかないことではなかった。解剖学関係でいえば、九州帝国大学にはいわゆる「生体解剖事件」という事例があった。

私が加藤さんの父親の立場であったなら、戦時下で仕事上やったことを、戦後になって被害者と見なされる人に「個人的に」謝罪するのは、筋が通らないと抗弁したであろう。父親がそうした「公職」にあることによって、加藤さん自身も生を享け、育てられたのだから、そこをどう考えるのか。それに対する加藤さんの言い分は、当然あったはずであり、それが例えば『敗戦後論』になっているのかも知れないと思う。加藤さんの生前にこの種の話ができていれば、私自身の考え方もすっきりできたかもしれないと思うが、今となっては追悼会をするくらいしかないのは残念である。だが、親しかった人たちで追悼会をしようと言いつつ、コロナのためにできないままでいる。

封印しようとしてできなかった心理的抑圧

大学紛争という「父と子」問題は、その本質（と私が思うもの）が、全部を封印した私の脇を通り抜けて行った。それが戻ってきたのは、前に述べたように、五十年後であった。これからあれこれを復習しなければならない。抑圧が外れてすぐに思ったのは、小林秀雄が晩年に『本居宣長』を書き、それを二週間かけて読んだという福田恆存が「この本は私にしかわからない」というふうになぜ評したのか、それがわかったような気がしたことである。『本居宣長』はきわめて読みやすい本であり、いまの若者が読んだとしても決して理解が難しい内容ではない。福田恆存が「私にしかわからない」と言ったのは、小林秀雄が最晩年になぜ本居宣長という人物をあえて取り上げたか、そこに込められた思いはなにか、それを「私にしかわからない」と言ったのであろう。

これは著作の内容についてではなく、「かたち」のことなのである。加藤さんの言う

「汚れ」と「ねじれ」に、日本社会の中で古く気づいており、そういうものを「排除して」生きた人物を挙げるとすれば、たしかに本居宣長が最適である。

さらに小林秀雄は加藤さんの指摘するような諸問題が「自分のこととして」よくわかっていたに違いない。『本居宣長』の後半部は、長子本居春庭についてであり、これも既述の「父と子」問題に関係するのかもしれないと思う。いわばそうした諸々に対して、小林秀雄は『本居宣長』という、ずいぶんすっとぼけた回答を提示したのである。その先はわれわれが考えるしかない。加藤さんには次に「小林秀雄」論を書かせたかったとしみじみ思う。

私のような「封印」ができなかった人はたくさんいたと思う。戦後の自殺者、さらにいわゆる戦争ボケの一部もそうだったに違いない。立場上、封印がまったくできなかった人もいる。昭和天皇がそうだったに違いないし、今の上皇は私より数歳年上なので、頭の切り替えにご苦労なさったに違いないと推察する。戦中戦後を経過した世代の人には、昭和天皇嫌いがいた。井上ひさしがそうで、会議で天皇の話題になると、怒り出す癖があった。こうした「情動」と結びつくから、私は封印することを好んだので、そんなに怒ることはないじゃないか、といつも思っていた。

堀田善衛も『方丈記私記』で、東京大空襲後の下町を昭和天皇が視察する場面にたまたま居合わせたことを書く。堀田は間違いなく天皇を嫌っていたのだが、私から見れば、市民を殺傷する目的で意図的に爆弾を落としたアメリカ側はどうなんだと訊きたくなる。いわゆる新憲法に関しても、数百年から数千年の歴史の上に成立した社会制度を、その外部から一朝にして変えることを実施しようとした能天気さは、それをほとんど無抵抗に受け入れた能天気さと相通じるものがあろう。この種の話題を続けて行くと、「敗戦後論後論」を書くことになるので、この辺で私の「抑圧」については、筆をおく。

私が乗った飛行機が墜落した

この歳で気づくことはまだまだある。こんなこともあった。

私は虫採りで世界の辺境に行く。先年はラオスで、首都のビエンチャンから北東に位置するサム・ヌアという町にラオス航空で行った。確か十八人乗りという小さな旅客機で、操縦席が良く見える位置に座って、遠目に計器を見ながら飛行を楽しんだ。

無事に到着して、早速山に虫採りに行き、夕方宿に戻ると主人がこっちにこいと手招きをする。行くと、テレビでニュースをやっている。サム・ヌア空港発の旅客機が出発したとたんに風にあおられて、谷底に墜落したというニュースである。私が乗ってきた飛行機がビエンチャンへの帰路に墜落したらしい。行きと帰りが違っていたら、もうこの世にはいない。

そんなこんなで、虫屋は辺境に行くので、しばしば危険な目に遭う。飛行機事故死そのものを逃れたのは、かつて蝶類学会の会長だった五十嵐邁《すぐる》さんである。著書に書いているが、乗っていた飛行機が、インドネシアの島スラウェシのマカッサル空港を発ってメナド到着寸前に墜落し、後部座席の客が亡くなった。五十嵐さんははじめ後部座席にいたが、飛行中に友人のいる前部座席へ移動していて、難を逃れたという。五十嵐さんは墜落して燃える飛行機を背景に写真を撮り、それを著書に載せている。

知らずに難を逃れたことも、たくさんあるはずである。友人の池田清彦たちとヴェトナムの田舎で採集をしていた時だった。私が先に立って路傍の低木の葉を叩いて、虫を採りながら行くと、あとから来た池田たちが「大きなヒャッポダだ、こんなデカイのは初めて見た」と騒ぐ。私は気づかずに通り過ぎてしまっていた。ヒャッポダは百歩蛇で、かまれると百歩歩くうちに死ぬという毒蛇である。中国では五歩蛇とも言う。中国人は少ないほうにも誇張するのである。

最初にラオスに行ったとき、ルアンプラバンに行くために空港で待っていた。案内役の若原弘之君が説明した。これから乗る飛行機は、ラオス航空が中国から二十五機、新品を買ったうちの一機である。そのうち二十三機は故障したか、墜落した。「だから」この飛行機は大丈夫だ、という。

要するに戦争のヴェテラン扱いである。これまでも生き抜いたから、これからもきっと大丈夫。

飛び上がると、機内が真っ白になって、なにも見えなくなった。湿気て、極端に暑いところから涼しい高空に上がったので、水蒸気が凝結して機内で雲になったわけである。無事にルアンプラバンに到着したときは、乗客から拍手が起こり、機長が真っ先に操縦席から出てきて、乗客たちと握手を交わしていた。

この思い出話を若原君にすると、「安心させようと思って言ったんだ」という。安心安全は現代日本の流行語だが、ラオスの安心安全は日本と少し違うらしい。人生とは、やっぱりそんなものなのである。

5　自殺する人とどう接するか

嘱託殺人か安楽死か

世間で起こることについて、この歳でいまさら何を言ってもはじまらない。それでも、ことあるごとに、なにか言いたくなるのが年寄りというものであろう。

コロナ禍の令和二（２０２０）年、二人の医師が嘱託《しょくたく》殺人で逮捕されるという報道があった。ＡＬＳ（筋萎縮性側索硬化症）の患者さんに鎮静剤を投与して殺したという容疑である。女性の患者さんが、先行きを悲観して遠方の医師に自らの「安楽死」を依頼した。主治医ではないこと、謝礼を受け取っていることなどから、医師二名の行為は嘱託殺人にあたると警察は判断したという。

まだやっているのか、というのが私の感じ。「まだ」というのは、この問題については医療界全体である程度の一般的な合意が成り立っているとなんとなく思っていたからである。もちろん日本医師会は安楽死を認めないという一般的合意が成立していると主張するであろう。

でも実際には今回報道されたような一種のテロ行為が発生する。社会的な合意が実質的に不十分だという証拠である。

自分の人生でいえば、初めてこの問題に関わったのは、半世紀も前のことである。兄の友人の妹だという人が突然大学に訪ねて来た。私が三十代、大学助手の頃である。彼女の夫がＡＬＳで入院中に人工呼吸器の電源が外れるという事故で亡くなった、という。あれは事故のはずがない、殺人だというのが彼女の主張だった。その種の事故がときどきあるということは私もどこかで聞き知っていた。

午後いっぱい、この人の話を聞いて、私の結論は簡単だった。この奥さんの気持ちもわからないではないが、患者さん自身はすでに亡くなっている。それを殺人だと告発して、なにか得るところがあるのか。

もちろん問題にすれば、将来にわたってそういう事件を減らすことができる可能性はある。しかしそれがこの問題の最終的解決に近づく道か。患者さん自身と家族が満足できる解答なのか。そんなことを考えた時にまず思ったのは、私は当事者ではない、ということだった。自分が病人ではないし、身内に病人がいるわけでもない。さらに患者さんの治療にあたっている医師でもない。まったくの第三者である。そういう立場の者に、そもそも発言の権利があるのかどうかすら、よくわからない。

居座る背後霊をどうするか

とりあえずの判断で、この人の行動は止めたものの、その分というか、この問題そのものは私の中にいわば居座ってしまった。わけのわからない荷物をいきなり背負わされたという感じである。そう思ったとして、居座ったのは果たして「問題」であろうか。むしろ亡くなった患者さん自身ではないのか。人によってはこれを背後霊と呼んだりする。名前も知らず、いわば縁もゆかりもない赤の他人が自分の中に居着く。私はそういう「なにか」が居着きやすい性質かもしれないと思う。

私が四歳の時に亡くなった父はその後四十年以上、私の中に居座っていた。これは以前に記したことがある。父の病床に呼ばれて「お別れを言いなさい」と促《うなが》されたが、私はなにも言えなかった。別れを言わないまま、父が私の中に居座っていると気づいたのは、四十代になってからだ。背後霊は仲間を呼ぶのか。

私は霊能者の宜保《ぎぼ》愛子という人に会って、いろいろ話を聞いたことがある。私の背中には祖母の霊が乗っていて、モロキュウを欲しがっているということだった。その時に父の霊はすでに落ちていたと思うが。ALSの患者さんについて宜保さんは何も言っていなかった。霊が見えていても説明のしようがなかったのかもしれない。私ですら名前も顔も知らないのだから。

こうした人生や生命に関わる問題には一般解はない、という一般解を私は持っている。その都度、その状況を考慮して、具体的に決めるしかない。

ALS患者の意思疎通

ALSの末期では、すべての随意運動が不可能となる。呼吸や摂食のような生命維持に不可欠な動きもできない。言語や表情、手真似身振りといったコミュニケーションの手段がない。簡単なイエス、ノーですら表現手段がない。

この点については、完全には無理だろうと前述したが、その後、脳活動の赤外線による計測ができるようになって、たとえば患者さんがイエスと答えたい場合には「暗算をしてもらう」などルールを決めて整理をすれば、単純なコミュニケーションがとれるようになったというニュースを見て少しホッとした記憶がある。

暗算するという脳活動パターンは赤外線計測という非侵襲的（身体を傷つけない）な手段で外部から観測できる。最近では視線入力という方法があって、眼球が動く限りパソコンが使える。

ＡＬＳの患者さんを娘に持ったある母親へのテレビ取材を見たことがある。この娘さんは自力では痰が切れないので、吸引器を使って痰を吸引除去する必要がある。十五分に一回、母親が吸引をする。ここ十数年十五分以上続けて眠ったことがありませんとその母親は言っていた。このようにＡＬＳは患者本人も大変だが、介護する側も大変なことは言うまでもない。それでも現在では二十四時間介護が可能となった。障害福祉サービスの重度訪問介護という制度である。

ＡＬＳ問題の最終的解決はこの病の予防と治療にあることは当然である、しかしここ五十年の間に、右にも記したように具体的な面ではずいぶん「進歩」が見られたように思う。

今回の事件の患者さんも、患者さん同士の間で十分な連絡が取れていれば、なにごともなく済んだかもしれない。問題がなんとも切実だから、同じような状況にある患者さん同士の話し合いがいちばんいいと思う。一方で、その切実さから嘱託殺人も発生する余地が生まれてしまう。

背後霊が溜まっていく

安楽死が2001年に合法となったオランダの、私設療養院勤務の医師が書いた本が翻訳された。少し前の本で、『死を求める人びと』（ベルト・カイゼル著、畔上司訳、角川春樹事務所）である。そこには自分が実際に手にかけ安楽死を行った数人の患者さんの状況が細かく記されてあった。

その医師が日蘭学術交流で来日する機会があって、直接に会って対談する機会を得た。その医師には十年後に会いましょうと言って別れた。十年後にオランダに行く機会を得て、この医師に会った。「その後どうですか」と聞いたら、安楽死はその後やってないという答えだった。

それでも私は聞きたかった。安楽死を行っている医師の心の中には、自分が実際に手にかけたために亡くなった人たちの記憶が溜まっていくはずである。つまり、先ほどの

「背後霊」が溜まっていく。そうした記憶の蓄積に人はどこまで耐えられるか。そういうことが人をどう変えていくか。

それが私の知りたかったことだった。カイゼル氏は、医者に「安楽死疲れ」が出ていると答えた。1947年生まれの彼からすると、若い世代は安楽死を避ける傾向にある、とも言った。他の医師の話にかこつけていたが、「医者がやりたがらない」というのは彼の本音でもあったように思う。歳をとって体力がなくなると、辛さも出てくるだろう。安楽死は、死ぬ方のことばかり語られ、やる方のケアをすることがないからだ。

安直に行えば犯罪となり、それを防ぐためにオランダは安楽死法をつくった。日本でもそれが起こってしまった。医師側の「責任を持つ立場」は日本では戦後ずっと議論をされてこなかったのかもしれない。基本的には安楽死の「被害者」という立場で国民全員が考えてきたのだ。

私が死刑に疑問を持つのも、実際に刑を執行する人の思いを考えるからである。私は執行人にはなりたくない。わずか一年間のインターン生活の間に、私は数回の医療事故に出会った。それを今でもよく記憶している。その時に亡くなった人たちも私の背後霊に加わっているかもしれない。「死せる孔明生ける仲達を走らす」と言うが、死者が生者を動かすのは、諸葛孔明と司馬懿《しばい》仲達の関係だけではない。

自殺する人たちとどう接するか

背後霊でさらに思い出すのは二人の学生である。大学に勤務していた間に、二人の学生が自殺した。どちらもその前にサインがあった。

一人は廊下で出会った時に「なにか話したそうだな」と感じたが、そのまま声を掛けずに通り過ぎた。間もなく自殺したという知らせが届いた。

もう一人は解剖の実習中に私が指導に回っていた時である。「実習が終わったら、先生のところにお話に行きます」とその学生はいい、そのまま夏休みになり、会う機会を失したまま休み中に自殺した。

坂口恭平（建築家、作家）が『苦しい時は電話して』（講談社現代新書）、『自分の薬をつくる』（晶文社）を出した。坂口は「死にたくなったら電話して」という「いのっちの電話」の活動を長いこと個人でやっている。新書の方では、坂口の携帯番号が本のカバーに大きく入っていた。電話をすると坂口自身が出るか、出られない時はかけ直す。だから百パーセントの確率で話をすることができる。坂口は自殺者ゼロを目指すのだという。

斎藤環（精神科医）と與那覇潤（元歴史学者・評論家）の『心を病んだらいけないの？』（新潮選書）は、令和二（2020）年度の小林秀雄賞を受賞した対談本である。斎藤は臨床医としてオープンダイアローグ（OD）を推奨している。患者や家族から連絡があったら治療チームが二十四時間以内に駆けつけて話をする。

繰り返し対話をすることで、症状の改善を目指すというやり方である。実際にこのやり方で、統合失調症ですら快方に向かった例もあるという。「いのっちの電話」と根底ではつながっている。

死んだ二人の学生が私の気持ちの中に居座ってもはや半世紀を過ぎつつある。それでも消えていない。背後霊と称するゆえんである。だから坂口や斎藤の仕事にいまでも関心があるのだと思う。

近年小学生まで含めた若年者の自殺が多いという。先述したが、これはきわめて気になる。全体的な、いわゆる人間関係の問題だから。

全体として言うなら、死んだ二人の学生に必要だったのは、話ができるような「場」だったのだろうと思う。社会が合理的、効率的、経済的になると、そういう場が日常からいつの間にか消えてしまう。

自分に居心地の良い「場」をつくる

たしかにオープンダイアローグは有効ではないかという思いがある。坂口は自身が双極性障害だから、自分がどのように鬱を通り抜けるかについて、きわめて実際的な議論と示唆をする。障害でない人にも参考になるくらいである。

坂口とは十年以上前に初めて会った。大学では建築を専攻し、段ボールハウスの研究をしていますという話だった。私は空間把握の能力が弱く、自分が現にいる空間を上から見るという、いわば神様目線が取れない。段ボールハウスなら、身体に密着しているから、内側からよくわかるような気がする。それが私にはしっくりと来た。

次に会ったのは、坂口の地元、熊本の繁華街で坂口の作った建物で対談をするという企画だった。その建物は下に車輪がついていた。つまり動かせるから、「不動産」ではないという。不動産でなければ、建築基準法に従う必要がない。だから設計がかなり自由になる。これがまさに坂口式である。坂口は絵も描くし、音楽もやるし、詩も書く。そして、こうした「場」を設定するのが上手である。「場のアーティスト」と言っていいのではないかと私は思う。

心の悩みと言うと、悩んでいる自分を変えなさいという忠告を受けることが多いと思う。坂口はそれを言わない。今の自分を一切変えないという条件を付ける。そのうえで望みを実現する具体的な手段を見つけ出そうとする。それは自分に居心地の良い「場」をつくることだ。

その後の『躁鬱《そううつ》大学』（新潮社）では、人生の悩みとは「他人が自分をどう思うか」に尽きると彼は書いていた。躁鬱人は「心が柔らかい」から、合わせることはできる。だが、無理に自分を周囲に合わせれば、いずれ破綻する。それを避けるには、自分を徹底的に理解するしかない。

世の中には躁鬱人と非躁鬱人がおり、世間の現状を、躁鬱人が非躁鬱人の社会に少数派として混ざっている状況だと解釈する。そして、「躁鬱病が治らないのは体質だから」とくる。体質という表現は、つまり「生まれつきそうなんだから、仕方がないだろう」という自己肯定、言い替えれば開き直りである。

それなら、自分を変えずに周囲に合わせないで上手にやっていくには、どういう状況を避ければいいか。「居心地が悪いと感じたら、すぐに立ち去る」といった具合である。

当事者にとっては、まさにそうするより「仕方がない」のである。

私は躁鬱人ではないが、坂口恭平の自由さ、明るさには常に感服する。付き合うのも楽である。これは当たり前で、「居心地が悪い」状況ではすぐに立ち去るのだから、私と付き合っている時は、居心地が悪くないはずであって、気楽でいられる。

ここで思う。自分にとって、「居心地がいい」状態、場がどういうものかを把握することは、非躁鬱人にとっても重要なことである。その状態とは明らかに生物学的なものであって、要するに身体の調子である。

その状態からしばらくズレたままでいることを、現在ではストレスというのであろう。ただ問題はそうした自分にとって適切なヒトとしての生物学的状態を現代人の多くが把握できなくなっているということである。私自身は近年猫のまるを参考にして生きてきた。そのまるは身体の具合が悪くて、この世の居心地が悪くなり、どことも知れず消えたらしい。猫もまた居心地の悪い状況から、ただちに立ち去るのである。

私が若い時に間違えたこと

今になってみると、インターン時代の精神科で、若い時の私がなにをどう間違えたのか、わかるように思う。

私は患者さんと二人称関係に入ろうとしたのである。あなた、君、お前の二人称、親身になるとはそういうことだからである。そうすべきだと自然に思っていた。

ところが、それをすると、相手の死は自分にとって痛手になってしまう。相手に取り憑かれやすくなると言ってもいいであろう。現代風に言えばトラウマである。相手と三人称関係であれば、いわば赤の他人だから、表現は悪いが、相手の生死など知ったことではないと突き放すことができる。自分とは関係が切れる。

医療者と患者の関係、つまり距離の取り方はあんがい難しいものである。親身にならないと相手の信頼がなかなか得られないが、それが成功すると、患者との関係が二人称関係になってしまう。

開業医だった私の母が、「白髪にならなきゃ臨床はできないよ」と言っていたのも、その辺の機微を指していたか、と思う。子どもの頃、私は年中病気をしていたが、母は小児科医であったのに自分で私を診察することはなく、必ず知り合いの小児科医を呼んだ。自分で診ると客観的な判断ができない。そう言っていたような気がする。重く見過ぎるか、軽く見てしまうか、どちらかになる。ちょうどよい距離がとれないというのである。

年を取ると、自分の人生を思い起こすくらいしかすることがない。意識の上では小さくとどめたはずのことが無意識には大きく自分を動かしていたりしたのがわかってくる。小学生の頃に読んだ講談本を思いだす。家康の「天下の御意見番」、大久保彦左衛門の口癖「鳶の巣文珠山の戦いに」という文句でお偉方をピシャッとやる、あれである。自分で「また彦左衛門をやってらあ」と始終思うようになった。幼少期の意外な記憶がその後の人生に影響するということだ。

死は人称関係だと考えるようになって、人間関係を見直すようになった。いまさら遅いと思うけれど、私は人間関係で社会的に適切な距離を上手にとることができない。要するにその点で社会が「わかっていない」のである。飲み屋で言うなら、いつの間にか客でなくなって、カウンターの内側に入ってしまうタイプである。

ずいぶん長い年月が経っているのに、ＡＬＳの患者さんへの対応について、社会的な一致がまだない、というのが老人の私の心配事である。似たようなことは現代日本社会では山積している。

やむをえない国、日本

さまざまな報道を見て感じるのは、この社会はほとんど反応だけしている、ということである。刺激に反応するのは生物のもっとも原始的な行動である。毎回反応だけで済ませているから、簡単な、ある程度でも済むはずの解決もない。そういう解決を求めようとするのは、切実さが背景にあるからである。

ネットでのいわゆる炎上も、だれかの発言に対する「反応」である。同様に、コロナ対策も「反応」ではないか。

明治の開国以来、欧米に対する反応がいわゆる近代日本を作ってきた。ここで昭和天皇の開戦の詔勅を繰り返し引用させていただく。

「洵ニ已ムヲ得サルモノアリ豈朕カ志ナラムヤ」

まことにやむをえないんですよ、自分のつもりじゃありませんよ。要するにすべては状況のせいである。自分の意志ではない。

それを陛下に言わしめたのは何なのか。この思考法を現代人は笑えない。

日本はＩＴ技術化が遅れている。中韓両国に比較してもそうだ、なんとしてもＩＴ化を進めなければいけない——たとえば、こういう言説はよく目にする。ではＩＴ化が本当にわれわれの社会に幸福をもたらすのか、だれがそれを望んでいるのか、返ってくる答えは「ＩＴ化はまことにやむをえざるものあり、あにちんがこころざしならんや」なのだと思う。

世界のメディアを見ていてなんとなく日本がバカにされていると感じる根本は、日本側に自分の意志がないことであろう。八月になると、敗戦関連の報道が増えるので、とくにそれを感じる。一億二千万の人たちが、やむをえない反応だけして生きている。日本を外から見る人はだれでも「あれはなんだ」「なにを考え、どうしようと思っているのだ」と訊きたくなるに違いない。

亡くなったＡＬＳの患者さんは少なくともあの状態では生きていたくないという強い意志をはっきり表明したのであろう。そんな気持ち、いつ変わるか、わかったものではないという反論がすぐに起こることも予想できる。

では本人の意志が堅いことを証明するために何年辛抱すればいいのか。現代の日本でも安楽死がまったく認められていないわけではない。一定の要件を満たせば可能なはずである。これは生死の問題を手続きの問題に代えることである。法律家が好みそうなやり方である。手続きをできるだけ厳密につまり面倒にすれば、実質で禁止と同じことになる。それに反抗するとテロになるのであろう。

数本の指による明確な意志

明白な意志を持って行動することは、現代日本社会ではほとんどタブーだと言っていいであろう。伊藤祐靖《すけやす》著『邦人奪還』（新潮社）を読めば、そのあたりの背景がよく納得できるはずである。元海自特殊部隊員が、自らの体験をもとに書いた「ドキュメント・ノベル」とのことだが、この内容が小説という形をとった、あるいはとらざるを得なかったというのは、日本語を用いた言論という面で興味深い点を示している可能性があるように思う。

この「ドキュメント・ノベル」の中で登場人物である自衛隊員たちは、命令されれば命を捨てることを承知で出動する覚悟はあると語る。同時に、「我々にそれでも出動しろと命じる覚悟は政治家に、国家にあるのか」と問う。これは著者自身の本音であろうが、それを書くにあたっては小説仕立てにする必要があったのだろう。

無関係のようだが、最近同じ新潮社から『エレホン』の翻訳が出た（サミュエル・バトラー著、武藤浩史訳）。主人公が草原を越えて谷に入り、さらに峠を越えてエレホン国

(erewhon=nowhere）という架空の国に到着する。前半の旅の部分はきわめて具体性があり、つられて読んでしまった。後半は架空の世界なので、いわば抽象である。前半の具体性がじつに上手に後半の抽象性に連結されてしまう。

これは百五十年も前、ダーウィンの『種の起原』に近い時代の本だが、『種の起原』も、いうなれば著者の作業の中でビーグル号による航海記での具体的な体験から自然淘汰による種の起原という抽象へ、みごとに連結していく。この種の曲芸がイギリス人の得意技で、経験主義の哲学とも関係するのであろう。これは文化というべきか、英語の特徴が表れているというべきか。

日本語を使って具体性からこうした抽象性へつないでいこうとすると、論理や法則ではなく、諸行無常のようないわば詠嘆になってしまう可能性が高い。

先ほどから論じているALSの事件も、おそらく視線か、数本の指だけしか動かない患者さんの強い意志があってこそだろう。それに匹敵するような強い意志を現代日本社会でだれが持っているであろうか。

たまたまだが、令和二年七月二十八日読売新聞朝刊の一面のトップは「日本型『IT の街』策定へ」という見出し、いわゆるスマートシティーである。「『監視型』中国に対抗」ともあるので、要するに中国のやろうとしていることに日本政府が「反応」したらしい。なにしろＩＴですからね、後れてはならじ。

ＩＴ技術で後れを取るというのは、そんなに大変具合が悪いことなのだろうか。今回の議論にも私には結論はない。だが、話はただ後れることの細かい問題点を具体化してからだろう。強いて引用すれば、日本人はひたすら反応ばかりしていて、『そして、みんなバカになった』（橋本治、河出新書）ということになろうか。

不老不死は暴挙だろうか

せめて明るい方向の話題にいこう。最近『ライフスパン』（東洋経済新報社）という翻訳本が出た。著者デビッド・Ａ・シンクレアはハーヴァード大学の教授で、老化の研究者である。端的に内容をまとめてしまえば、老化は防ぐことが可能だ、という結論である。若返りは可能で、寿命はいつまで延ばせるか、わからない、という。

方法はむずかしくない。簡単な薬を飲めばいい。まだもちろん実験段階だが、ご本人はいたって真面目である。当然山中伸弥教授の仕事も関係している。ご本人はオーストラリア生まれで、現在はアメリカ在住である。

これを読んでいて、しみじみと文化の違いを思った。古い歴史がない社会では、大真面目に不老不死の追究を科学者がやるのである。

世界初のヒトの心臓移植は1967年、南アフリカで行われた。日本はどうか。1968年に札幌医科大学で行われた日本初の心臓移植、いわゆる「和田移植」は大問題になってしまった。いくつかの点で妥当性が疑われたのだ。次の心臓移植が日本で行われたのは、三十一年後の1999年のことだ。

日本だと山中教授の仕事はｉＰＳ細胞の臨床応用という話になりやすい。まさか老化そのものを止めて、若返りをさせちまおうという乱暴なところまでは行かない。初めから話が縮んでいる。

すでに述べたように六月に私は心筋梗塞で入院した。これは血管の老化の結果である。そのうち脳卒中を起こす可能性も高い。そのつど治療をするのも、用心するのも大変だし、面倒くさい。いっそのこと老化を止めて、若返りしてしまえばいい。そう考える人もいるだろう。

日本の死因のトップであるガンは加齢とともに増える。典型的な老人病である。これもいちいち治療するよりは老化を止めて若返りを図った方が話が早い。

老いて死ぬのはヒトの自然である。それを止めるようなことをしていいのか。神を畏れぬ所業ではないか。むろん世界中にそういう意見はあって、著者のシンクレアも研究費を貰おうとしてその種の反論に遭ったことを少し怒って書いている。

日本のような古い社会では当然ながらその種の意見が多いと思う。でもコロナではないが、どのみちなにが起こるかわからない世の中である。炭酸ガスだ、放射能だ、AIで人が不要になるだなどと暗い話題を取り上げて、科学技術に疑問を呈するより、明るい未来を目指して、一致団結したらいかがか。

始皇帝以来の問題への終止符

中国がどうなろうと、アメリカがどうなろうと、知ったことではない。著者によれば、秦の始皇帝以来の問題が解決する可能性がかなり高いというのである。

せっかく山中先生のような優れた業績が日本から生まれたのだから、ケチなことを考えないで、そういう分野にどんどん人と資源をつぎ込めばいい。結局ダメだとわかったところで、大した損害はない。箱モノを作るのとはわけが違う。当初の目的に対しての結果はダメでも、思いがけない成果が生まれることだってある。

山中先生と一緒にノーベル賞を受賞したイギリスのジョン・ガードンの論文が出たのは、私が大学院生の時である。２０１２年の受賞時の理由は「核移植による細胞の初期化」つまり、クローン生物を作り出したことだ。

当時この論文を読んでいたく感激した覚えがある。なにしろオタマジャクシの小腸の細胞の核をカエルの卵に移植したら、カエルができてしまったのである。ビックリ仰天とはこのことだった。これがクローン動物の始まりだった。

私は解剖学をやっていたから、クローンの個体がたくさん欲しかった。解剖学的な構造がすべて遺伝子で決まるのであれば、クローンはどれも解剖学的な構造が同じになるはずである。ならない部分は遺伝子では直接に決まらない部分である。そうした違いが生じるなら、それをエピジェネティックスという。何でも遺伝で決まるのではなくて、環境が決めるところもある、という考え方だと言えばいいだろうか。

そういう部分が身体のどこにどれだけあるか、クローンがあればそれを知ることができると思った。残念ながら、当時の解剖学教室ではクローン作りなんかできなかったから、考えただけで終わってしまった。

これも死者ではないが背後霊として私の背中に乗ったままである。老化はエピジェネティックスの問題だと先ほどの著者シンクレアは言う。つまり老化の問題に私は必ずしもまったく無縁ではない。

この先二十年元気でいれば、ずいぶん虫の標本ができるなあと思う。調べることもたくさんある。だれも聞いてくれないと思うから、内容は書かない。どのみち世間のお役には立たない。

6　なせばなる日本

なせばなる

「なせばなる　なさねばならぬ　なにごとも　ならぬは人の　なさぬなりけり」

この歌は上杉鷹山《ようざん》によるものとされているが、宮本武蔵だという話もどこかで読んだ気がする。近年では、昭和三十九（1964）年の東京オリンピックで金メダルを取った女子バレーボール、「東洋の魔女」を指導した大松博文監督の著書が『なせば成る！』だった。大松監督は大東亜戦争で最も悲惨な結末を招いたとされるインパール作戦の数少ない生き残りの一人である。そして、お墓は鎌倉の東慶寺にある。墓石はまん丸だから、バレーボールを模したものであろう。

ともあれ、オリンピックの時に限らず、江戸時代以降、日本人には「しっかりやれ」

という号令がかけられ続けてきたわけである。なにしろ、なせばなるのだ。

そうはいっても、「人生成り行き」、そうなるものは仕方がないだろう、というのが、ふつうの人の生き方ではないか。それが暗黙の一致だからこそ、「なせばなる」という号令がむしろかかる。

私の叔父、父の弟は内務官僚だった。ある時、官僚なんてクラゲみたいなものさ、と珍しくぼやいたことがある。波のまにまに漂うからである。戦前から戦後にかけて官僚をやっていれば、そう考えても当然であろう。戦前から戦後にかけての社会や思想の変化をそのまま被ったに違いないからである。

戦中にはインドネシア、スラウェシ島のマカッサルで司政官をやり、戦後は警察官僚になった。追放になるほど偉くはなかったから、官僚が続けられたに違いない。自分なりのこうする「つもり」があったにしても、そんなものは仕事にほとんど関係しなかったはずである。時代の変化に合わせて生きるしかなかったであろう。だからクラゲなのである。

いつから日本人はそうであったのか。ここで「歴史意識の『古層』」、すなわち丸山眞男先生の出番である。いちおう説明しておくと「歴史意識の『古層』」は丸山の代表的な論文で、『忠誠と反逆―転形期日本の精神史的位相』（ちくま学芸文庫）に収められている。それによれば『古事記』『日本書紀』という古典で、もっとも多く使われる単語は「なる」であるという。草木の豊かに繁りゆくさま、それも「なる」である。日本人とその社会は、なるようになってきたのである。

進化はしょうがない

なるべくしてなる、変わるべくして変わる。これこそが生態学者、今西錦司の唱えたいわゆる今西進化論の神髄である。これを乱暴に言えば次のようになる。

自然淘汰もクソもない。種社会は変わるべくして変わる。しょうがないから変わるので、変わるんだから、しょうがないだろう。「そもそもかくかくしかじか、こういう合理的な理由があるのでこの生物はこのように進化した」といった考え方の正反対である。

今西錦司は自分の進化論を創りたかったが、創る時間がなかったと本人は言う。そうではなくて、そもそも、論というものになりようがなかった、のである。なるべくしてなるものに、因果もクソもない。ひとりでにそうなるものについて、何をあれこれ言う必要があるか。

古い話だが、私の学位論文はニワトリ胎仔（胎児）の皮膚の発生に関するものだった。これは発生学に属する。発生学とは一個の受精卵が成体を作るまでの過程を調べる分野である。

そうした研究をしていて、当然の疑問に突き当たった。適切な環境に置かれた受精卵は、ひとりでに発生して成体となる。「なるべくしてなる」わけである。それなら私は研究者として、なにを考えたらいいのか。

なぜなら受精卵という元があれば、成体ができることは経験的にわかっている。つまり受精卵という問題が与えられたら、答えは自ずと成体である。すでに問題は実質的には解けているんじゃないのか。

生物の世界は進化の結果、「なるべくしてなった」結論である。算数で言えば、解答集である。現生生物は隕石の衝突やら氷の球やら、さまざまな極端な状況にすら出合い、しかもそれを通して生き延びてきた。現にわれわれが見ている生物界は、ゆえに生物が提出した解答であり、その意味で解答集である。私たちは、生物の解答の集まりに生きている。

夏の広葉樹の葉の茂り方を見ると、よくわかる。枝葉の伸び方は、あれこそ自然の出した答えなのだ。光を得ようと枝葉を広げているではないか。問題集ではない。解答集だけ与えられているのだから、問題は「問題は何だったのか」である。解答はわかっているのだが、問題がわかっていない。

学校で教育を受けると、問題が先に与えられて、生徒が答えを出す。それが当然とされている。でも生物の世界は逆である。生物が問題を解いてきたのだから、いまの生きものは解答なのである。じゃあ問題は何だったのか。先生も生徒も、たぶんそんなことは考えもしないであろう。

現状は必然の賜物である

「ああすれば、こうなる」はつまるところ、理性の世界、意識の世界、予測と統御の世界である。学校での生徒たちはその中で育つ。だから「ああすれば」に対して、「こうなる」と答えることを常に要求される。

ところが世界は「こうなった」という結果の集積であって、そこでなにかが問われるとすれば、いったい「どうしようとしたのか？」という問いであろう。でも現在の世界は「こうなっている」のだから、現状は歴史的必然だという解答が出てくる。なんだかわからないけど、「ああした」んだから、「こうなった」のはその必然の結果だというしかない。だって、「そうなっている」のだ。すべては「ああすれば、こうなる」なんですからね。

いわゆる「歴史的必然」という考え方の前提は、歴史には法則があって、それに従って物事が起こると解釈する、つまりこれは歴史を「予測と統御」の世界に持ち込もうとする態度である。そんなもの、成り立つかどうか、本当は知るすべもない、と思うけれど、どうだろうか。現代人は星を眺めて解釈する占星術をバカにする。でもいまでも似たような、予測という名の占いになっていないか。

丸山眞男は記紀《きき》を扱いながら、世界の創世神話について考える。もちろん世界の始まりを語る神話では、神が「ああすれば」と考えて「こうなった」という説明となっている。

ところが日本の神話である記紀で多用されるのはむしろ「なる」なのである。われわれ日本人は、腹の底では、創るより、「なる」を優先するらしい。そうなるんだから、しょうがねえだろ。なるようになるさ、というわけである。だからすでに記した昭和天皇の詔勅に戻る。「洵ニ已ムヲ得サルモノアリ豈朕カ志ナラムヤ」。

ＡＩの予測に従う危険

この予測前提の考え方はＡＩと相性がいいとも、良くないとも言える。そもそもＡＩは「ああすれば、こうなる」の典型だからである。ＡＩを使って予測した結果はこうなります。そう言われれば、そうなるようにするしかない。気の利いた人ほどそうするであろう。だからその方向に世間は動く。

それは二十世紀前半の日本社会がズルズルと戦争に向かって動き出したことと軌を一にする。その後の多くのことにも通じるだろう。今なら「将来はＡＩだ」と掛け声を掛ければいい。しかも現状ではそれ以外に投資先がない。

実際には自然に関わる産業はどこかで自然に復讐される。原発事故を見ればわかる。モノを相手にしていたら、どこかでかならず「想定外」の事態が発生する。現代人はこれを嫌う。

だからすべてが人工、つまり意識の産物であるＡＩに向かう。現在の世界の企業のトップをＧＡＦＡが占めているのはその意味で当然である。

前述したが、予測と統御、「ああすれば、こうなる」の典型が経済と軍事である。ある社会で経済が発展すると同時に軍事が発展するのは、歴史に見る通りである。いまなら中華人民共和国であろう。これは都市化の病と言ってもいいし、意識の病と言ってもいい。

中国の軍拡と明治政府の富国強兵は、どちらも「ああすれば、こうなる」の範疇に属するものである。新しい国を「意識的に」創ろうとするなら、軍事と経済にならざるを得ない。どちらも自然には起こらない。

金の生る木は比喩としてはあるが、自然界には存在しない。軍隊は百姓一揆ではない。自然に発生はしない。計画して作るものである。おかげで明治以降、「なせばなる」が復活する。でも本音がそれとは違っていたことは、昭和天皇のお言葉にあるとおりである。どういうお気持ちでの言葉だったのか。大松監督がインパールの生き残りであるのも、偶然ではないかもしれない。「なそうとしたけど、ならなかった」、それはインパールを「なした」けれど、である。

なるべくしてなった

学生の頃、私は「消極的」と言われることがあった。長じては「水掛け役」と言われたこともある。周囲が熱くなると、水を掛けようとする癖がある。ノリが悪い。

学生時代に徹夜でマージャンをやると、一晩の集計はほぼゼロになった。浮き沈みがない。ツキがあってもそれにのらないし、ツキがなければ堅く打って振り込まない。これでは徹夜しても面白くない。だからあまりやらなかった。

そもそも博打が好きではない。博打を打つなら、虫を採る。思えば虫も博打みたいなものである。令和元（2019）年は屋久島に虫を採りに行った。五日間頑張って、しかもその五日間がいい天気だったのに、ついに目的の虫が採れずに帰った。そういう時はツキがないんだから、仕方がない。まことに已むを得ざるものあり、あに朕が志ならんや。陛下の言われたとおりだった。

自然を相手にしていれば、それ自体がすでに博打みたいなものである。そして、本気で自然を相手にせず、人の作る世間で生きようとするなら、その場合もまた、博打が必要になる。

そうなるんだから、しょうがないだろう。なるようになるさ。これは現代では不人気である。「ああすれば」が入っていないからであろう。現代人は自分というものがあるという信条を堅く守っているから、世界が自分を外してひとりでに動くのが気に入らないのかもしれない。でも「自分の意志で」動くものが世間にどれだけあるか、考えたことがあるだろうか。

ここまで述べてきた主題は、われわれ日本人の考え方とは本来どういうものか、ということである。なぜそんなことを考えるかというと、自分の基本的な考え方や感じ方がどこから来たのか、が気になっていたからである。

そのために陛下の開戦の詔勅を代表例に挙げた。この文章は当然ながら当時の重臣たちの目も通っているはずだから、社会の指導者と目される人たちのいわば検閲を経ている。公に受け入れられた考え方であろう。もちろん思想や考え方は様々で、簡単に一般論ができるようなものではない。

それにしても既に述べたように、「なるべくしてなる」「ひとりでにそうなる」という考え方は私自身の身についた「考え」というより、むしろ「感覚」であって、それは文献を解析して得た結論のようなものではない。まさに八十年をこの国で生きてきた結果「なるべくしてなった」のである。他の国との比較で自分でもやっとわかった。

こうした考え方や感覚の欠点は既に述べた通り、「ではどうしたらいいか」がわからないことである。従って、開戦の詔勅ではないが、「そうするより仕方がないだろう」

というふうにならざるを得ない。

そこまで話が煮詰まってしまえば、いやでも「どうするか」の結論が出るので、だから山本七平の言う通り、日本の会議は全員一致なのである。そこまで待たなくては「仕方がない」がなりたたないのである。

会議が長くて何がいけないのか

東京五輪・パラリンピック組織委員会会長だった、森喜朗元内閣総理大臣がJOC臨時評議員会で女性蔑視発言をしたと話題になった。「女性理事を四割にしろと文科省がうるさく言うけど、入れてみたら、女性がたくさん入っている理事会は時間がかかる」と失言したと言う。

この森さんは実は同い年なので、女性に関する価値観がお粗末なこと、言わずもがなである。耳が痛い。

ただ、ここでもっとも気になったのは、森さんも、それを批判するマスコミの論調もすべてが、「会議が長いのはダメ」と前提を一致させていること。「女性が多い委員会の会議は時間がかかる」という発言においては、森さんにはなにかしら長年の経験値があるのだとしたら、その統計的な根拠はだいたいなんなのか。マスコミはエビデンスを何事にも求めるのに、なぜこの問題では追究しないのだろう。そもそも、過去に開催しているとはいえ、時代も変わって、コロナ感染拡大下での五輪開催なんて、いくらでも議論すべきことはあるはず。違いますかね。

会議の参加者の意見が一致していればよし、とする傾向が日本にあるように思う。「ああすれば、こうなる」のルールを逸脱する存在を認めたくないのである。けれど、これまで経験したことのない状況で、しかも参加選手も過去最大級で多様性も高い五輪の開催で、議論なしで頷くだけで終わりという会議は意味があるのかね。

先ほど挙げた山本七平が書いていたと思うが、ユダヤ人は全員一致の場合はその決議を再度確認するそうだ。なぜかって、全員一致の結論はむしろ危ないから。

全員一致を必ずしも危険視する必要はないにしても、それくらい客観的に議論する姿勢を持った方が話は進むのではないか。昭和十二（１９３７）年生まれはそんなことを思う。他人の顔色ばかりではなく、もう少し自然を相手にしてはどうか。「仕方がない」をもっと細かく考えても良いと思う。

敗戦したから仕方がない

ある文学賞の会議で、米国（だったと思うが中国かもしれない）の対日政策に関して、「変だ、不条理だ」という意見を述べた人がいた。そこに出席していた議長役の山崎正和氏が「戦争に負けたということはそういうことだよ」と一言述べた。それで議論は終わり、別の話題に変わった。

残念ながら具体的な議論の詳細は忘れたが、なるほど「殺し文句」とはこういうことか、と私は思った。これも「仕方がない」の別型であろう。「不条理だ」と主張した人は、戦争の勝敗と自分の議論は無関係だと思ったに違いない。人類普遍の原理に基づいて、相手のすることは間違っていると主張するならともかく、そうした原理を日本人が本気で信じているかどうか、私には確信がない。だから会議でこの殺し文句が通用したのであろう。

この事例で私が学んだことは、私自身が「敗戦」という「事実」を甘く考えていたなあということだった。その後いくつかの戦後に関する歴史書を読む機会があったが、山崎氏の「殺し文句」ほどに強力なものはなかったというしかない。「仕方がない」はきわめて無力に思われるかもしれないが、事実認識としては十分強力になりうる。昭和天皇の詔勅の「洵ニ已ムヲ得サルモノアリ」も当時としては十二分に強力な事実認識だったのであろうか。

戦後はその認識が「間違っていた」という常識に変わったと思う。「あんな馬鹿な戦争をして」という言葉を何度目にしたか、わからない。そう言えるのは何百万という死者を出して、原爆まで落とされて以降のことであって、それをあれこれ言っても、「コロナ以前の日常生活とコロナ以降の日常生活のどちらが正しいか」を議論するようなものので、まさに意味がないというしかない。

7　コロナ下の日常

予測が成り立たない

「生き方」に「人生の指針」、このあたりが講演会でよく訊かれる質問である。こういう質問自体が、物事は思ったように進む、という「ああすれば、こうなる」の因果関係が前提でなされているので、素直な返事はしようがない。

「こうすれば幸せになれる」とか、「こういう分野で働けば、将来必ず発展する」とか、そんな予測が成り立たない時代である。他人の意見を訊かなくても、令和二（2020）年の一月にコロナのような事態が予測できたかどうかを考えたら、だれでもわかるはずである。

にもかかわらずコロナ以降、人生やら世界のあり方についての書物が多く出版された気がしている。おそらく家に籠って、時間ができたので、書物の生産が増えたらしい。私自身もこの間に複数の対談本を出すことになった。

実験台になってもいい

都市社会は予測と統御を原則としている。それはよくないんじゃないかと、繰り返し書いてきたが、その欠点がコロナという形で具体的に実現してみると、いくらなんでも結果が極端だなあと感じる。

経済優先か感染防止かと日々議論されているが、要するに感染がいつどのように終わるかが、誰にもわからなくなった。極端な感染防止策をとれとか、感染防止をほぼ無視して経済を維持せよとか、理屈の上では極論を言うことは可能である。

そうすれば頭の中は簡単になるが、実態は複雑になってしまう。ヒト自身が露呈してしまうからである。ヒトは単純な存在ではなく、かならずしも統御可能ではない。

そんなヒトの一人、私自身は長らくワクチン待ちだった。高齢で基礎疾患があり、その意味では完全な重症者予備軍だから、ワクチンでも医療関係者と同様に優先されるはずである。実験台になってもいい。ワクチンに副反応があったとしても知ったことではない。コロナにならずともいずれ間もなく寿命である。コロナのために行動が規制されるほうが辛い。そう考え、家にこもってひたすらワクチン接種を待った。

花や植物の名前を覚える

コロナ以降に私自身が始めたことといえば、花や植物の名前を覚えることである。虫採りと植物は付きもので、植物を覚えることは虫採りのかなめである。ところが私はそれをまったく手抜きしてきた。秋になってたまたま鎌倉の幼馴染の山﨑和男君が珍しく訪ねて来た。

山﨑君は薬学の出身で、専門は生薬学だから、植物には詳しい。一緒に少し散歩して、路傍の花の名前を訊くと、スマホで使えるアプリを教えてくれたので、それを使って野草の花を撮影する。そうすると草の名前がわかる。

最初に庭に出て、ホトトギスを撮った。ユリ科の多年草で、主に太平洋側に自生する。日本には十種ほどある。さて、これがアプリではオオバノイノモトソウと出た。花は一輪、中央に写っている。その下の草をアプリが認識したらしい。これでアプリの癖が少しわかった。

散歩に出て、水路の縁に群生しているホトトギスを撮った。そうしたらタイワンホトトギスと出た。家の近所に戻って、岩の上に咲いている同じような花を撮ったら、ただのホトトギスだった。わが家の裏庭に咲いているのはただのホトトギス、玄関の近くはタイワンだった。裏の墓地はもっぱらタイワン。

さっそく虫眼鏡を持ち出して、花のどこが違うのか、調べ始める。こうやって時間を潰す。

植物に関するこのアプリが面白くなったので、ウッドデッキで昼寝をしている猫のまるのあたりを撮影してみたら、「植物がありません」という答えが返ってきた。木材の識別まではしないことがわかる。ＡＩの時代だから、この種のアプリはどんどん進化するに違いない。実際にいくつか写真を撮ってみると、同じ対象の同定に関して、違う回答が返ってくることがある。その場合は自分の乏しい常識から判断して、正解と思われるほうを選ぶ。または写真を撮り直す。

生物多様性で散歩を楽しむ

虫にはまだこういう便利なアプリはない。しかしいずれできるに決まっている。昆虫に関するフィールド・ガイドの類には良いものがあって、一部の分類群ではほとんど専門家になれるくらいの詳細が載っている。虫のアプリが作りにくいのは、いろいろな方向からの撮影データを用意する必要があるだけではなく、サイズが小さいこと、植物と違って動きやすいことが難点であろう。さらに成虫と幼虫の区別がある。ボウフラとカでは大違いである。バッタやコオロギは脱皮するたびに少しずつ変わるから、それも面倒くさい。繭《まゆ》や蛹《さなぎ》は動かないから、これは花と同じで簡単であろう。毛虫は脱皮するごとに大きさや色彩が変化するから、これも面倒くさいと思う。

ネットを検索していると、自宅の庭の生きものを調べている人が多い。日本は生物多様性が高い国だから、こういう作業は面白いに違いない。

これを書いた十月中旬に我が家の庭に咲いている花で、いちばん虫が来ているのは、茶ノ木である。白い花がそろそろ終わりそうになって、一部に実がついている。花にオオハナアブが複数来ていて、枝をゆすると飛び立って羽音がブンブンとやかましい。しばし待つとオオスカシバがやって来る。これは大きな蛾で、羽の鱗粉が落ちて透明になっているからハチと紛らわしい。

高校生の頃だったと思うが、一月末か二月初めに庭の梅の花におびただしい数のハナアブが来ていて、そもそも虫が少ない時期なので、なんとなくうれしかった記憶がある。今ではすっかり虫の数が減ってしまい、なんとも面白くない。三十年ほど前の十月に現在の家に引っ越してきたが、その年は少し変わっていて、庭のキンモクセイにシロテンハナムグリが多数来ていた。その後は見ていない。虫にはそういうことがあって、ある年に大量に見たからといって、いつもそうだとは限らない。

私のステイホーム

私の家は山の際に建っていて、背後は鎌倉石を削った崖になっている。崖の表面にはイワタバコや、テイカカズラのような蔓性の植物も生えるが、あとはシダやコケの類が多くなる。アプリを使ってシダを撮ってみると、ゲジゲジシダとホウライシダが多い。私はゲジゲジが大嫌いだが、さいわいホウライシダのほうが多いので安心する。

つい先日、テレビの撮影があった。NHKで放送された『まいにち 養老先生、ときどき まる』という番組である。最近私は、「まるの飼い主」として一部では認識されている。

撮影で市内の安国論寺に行き、ご住職にお会いしたら、二、三年前に九州から鎌倉に来られたということであった。生きものがずいぶん彼の地と違いますと言われ、ゲジとクマゼミを例に挙げられた。九州ではゲジは見なかったという。鎌倉にはきわめて多い。風呂場の壁によく貼りついているので、小さいのはお湯で流すことにしている。

一方のクマゼミは九州には多いが、鎌倉では年に一度か二度、声がする程度である。小学生の頃はセミ採りに懸命だったから、クマゼミの鳴き声が聞こえると、家から網を持って声のほうに走った。残念ながら、採ったことはない。クマゼミは関西に行くと、うるさいほど聞く。

関東はその代わりがミンミンゼミである。ミンミンゼミの声が聞こえると夏だなあと思い、少なくなると秋だなあと思う。東から西への途上、箱根の仙石原《せんごくばら》ではクマゼミの声を普通に聞く。西に行くほど多くなるようである。箱根が境になる生きものは多い。いまは関東全域で普通になったツマグロヒョウモンは、私が子どもだった頃は箱根より西のチョウだと教えられた。

温暖化でしょうかと訊く人が多いが、そう単純でもないらしい。食性転換をして、野生のスミレ食いだったのがパンジーを食うようになったからだというのが、専門家の説明である。アズマモグラとコウベモグラも箱根が境界だという。

この種の問題に私は関心があって、このところゾウムシを例として調査している。箱根から富士山や丹沢山塊にかけては、フィリピン海プレート由来で地質学的には比較的新しくできたのであって、日本列島成立の頃には影も形もなかった地面である。

つまり、南の海からやって来て、日本列島に付加された地域で、プレートの境界付近だから火山が多い。富士山、箱根、愛鷹山《あしたかやま》（富士山の南裾、静岡県にある連峰）は兄弟みたいなもので、富士山が一番新しい。

こういう地史的に大きく地面が変化した地域では、地域的に虫が異なることが多くなる。一見同じ虫に見えても、微細な点を精査すると安定した違いが見つかる。つまり別種とされる場合が多いのだ。

ここのところの調査はコロナで禁足を食らったので、ことごとく流れてしまった。仕方がないから、代わりに庭の植物を見るようにしていた。これが私のステイホーム。

なんでゾウムシが好きなんですか？　よく聞かれるが、好き嫌いの理由はない。あえて言えば硬くて丈夫だから。相性がいいという程度のことで、ゾウムシそのものが好きだから集めているわけではない。集めた標本はだいたい人気の甲虫は虫仲間にあげてしまう。残ったのが地味な、どこにでもいるゾウムシなのだ。身近な甲虫で、日本には二千種いると言われ、名前のついたものだけでも千三百ほどだ。世界では二十万種に達するとも言われている。数えたことがないからわからない。

その辺にいるありきたりな虫だけに、植物や地質のことを知ると、そのゾウムシのたどってきた歴史や環境が見えてくる。それを考えるのが面白い。それは人間の身体も同じで、自然のものは観察していると見えてくるものがある。「ものを見る目」とでも言えるもので、その見方はヒトにも通じると言える。

ステイホームと言いながら、できていなかったことをやっているだけなのだ。

日中関係の根本問題

そうこうしているうちに、別な仕事が入ってくる。今度は正式には日本アジア共同体文化協力機構という団体で、そこのオンライン会議で何か話をしてくれと、古いお付き合いの法政大学名誉教授、王敏さんに言われた。

アジアといっても、実際には相手は中国である。おそらくかなりネガティブな現在の日本の対中感情を背景にして、あらためて文化を考え、おたがいに率直に話し合おうということらしい。

当日は日本側は帝国ホテル、中国側は北京のどこかだった。リモートなので、背景が映る。これが日本はホテルの植え込みだから緑だが、北京は池か川の向こう、水の描く水平線の上にビルが並んでいる。このあたりからまず大きな違いを感じてしまった。

中国は非常に古くからの都市社会で、自然物に関する日常的な関心が薄い。それがすでにこの背景の選び方にも出ている。おそらくどちらも背景をどうしようという意識はなかったと思う。ひとりでに日本は植え込み、北京は建物になったらしい。そもそも日中関係は日清戦争以来よくなったことなんかないのではないか、と疑う。その根本に関する論議を聞いたことがない。

たとえば、日中友好協会という名前は私でも知っている。そういうものが長く存在するということ自体が、友好の困難さを示しているのではなかろうか。おそらく政治的にはおたがいになぜ今そんなことをするんだ、ということがわからないまま、衝突を繰り返してきたのではないか。

私はその根本がこの自然認識にあるのではないかと思ってきた。

それで好んで引用する李白の詩がある。

別有天地非人間《べつにじんかんにあらざるてんちあり》

（李白の『山中問答』より）

別に人間に非ざる天地有り。書き下し文の読み方はともかく、この「人間」はジンカンと読み、世間という意味である。李白が山中に閑居して詠んだ詩だという。

非人間とは要するに自然のことだが、日本人なら、世間の外に自然があるのは当然で、むしろ自然の中に世間＝人間があると感じるであろう。

ところが李白の前提は人間社会こそが天地であり、だから非人間という天地を山中に閑居してあらためて発見することになる。

世界が中国に追いついた

朱子学の天人合一も日本的に考えたら、ヘンな表現である。中国思想において、天と人間の関係をどう捉えるかは大きなテーマだが、ここでは対立するものとせず、一体とする考えを指す。天つまり自然と、人の社会は違うにきまっているではないか。だから儒学者、荻生徂徠（１６６６〜１７２８）は「道」は聖人の道、天地自然の道にあらずと

「弁道」でまず喝破する。「弁道」とは、堯、舜など何人かの聖人の道を弁ずる書のことだ。社会に生きるには道に従うが、それは徂徠の考える、古代中国の聖人たちが作ったものである。天地自然の道ではない。

この考え方が、江戸時代に最初に解剖を行った山脇東洋（1706～1762）の解剖の基礎にあることを論じたことがある。聖人とされる堯であれ、悪逆を極めたとされる紂であれ、蛮人であれ、ヒトの内臓には変わりがないと東洋は『蔵志《ぞうし》』（日本初の解剖書）の序に書く。これは当時としてはかなり革命的な思考ではないか。アジアの中では、明治の日本に早く自然科学が定着したのは、自然＝天道を人道と分ける思考によるところが大きいであろう。

都市社会では人の「意識」が優越する。都市は「ああすれば、こうなる」を優先する意識が作った世界である。しかしいかに意識が優越しても、統御できないものが存在する。人個人に当てはめるなら、生老病死がそれであろう。それを押しとどめようとしても、人力及び難しである。最終的に人が優越するはずはなく、論理的にはたかだか天人合一までで止めるしかない。

会議では時間が短くて、とてもここまで言うことはできなかった。現代世界では八割の人が都市に住むという。そういう時代にきわめて古い都市社会である中国が「発展」するのは、当然であろう。いわば世界が中国化し、中国に追いついたのである。そう思えば、いま中国が外に広がるのは時代の必然であろう。

戦前の親中派はどうなったか

戦前の日本にも親中派といわれる人たちがいた。最近伝記が出版された多田駿《はやお》(1882~1948)である(岩井秀一郎『多田駿伝』小学館)。中国通で、陸軍参謀本部にあって日中間の和平交渉を最後まで主張した。この人は典型であろう。陸軍参謀本部次長で、参謀本部の長は形式的には宮様だから、次長は実際のトップである。多田がその職に就いた昭和十二(1937)年は、私が生まれた年であり、盧溝橋事件が起き、日中戦争が始まった年でもある。

多田の主張が敗れたことで、日中の戦争が泥沼化するわけだが、その際に多田は泣いたと書かれている。その四年後に多田は退いている。

ただし、この伝記では、なぜ、どのように多田が親中だったかは、具体的に書かれていない。じつは私は、そこがいちばん知りたかった。私の父親は三菱商事勤務で、中国によく行っていたらしい。上海の大きな建物の前に立っている写真が残っている。この建物はなんとかいう有名な建物だと言われたが、上海に行ったことがないのでわからない。

私自身は中国本土そのものに行ったことはない。父は私が四歳の時、昭和十七（1942）年に三十四歳で亡くなったので、中国をどう思っていたか、尋ねる機会がなかった。旧制一高の名簿を見ると中島敦と同級生で、言うなれば古代中国贔屓であろう。私の名前はむろん孟子から採ったもので、子を使わなかったのは女の子と間違えられると思ったからだという。弟ができたら孔司にすると言っていたそうで、御覧なさい、だから流産したわ、と母は言っていた。

なぜ政治上では、日中は常に反発しあうのか。その辺をきちんと考えたほうがいいと思う。私は政治に関心はないし、関心を持とうとも思わない。とりあえず中国という言葉が問題だという気がする。中国は日本人にとっては広すぎる。政治に関わることを書くときに、私は中国と書かない。北京政府と書く。香港に対して中国がとか、台湾に対して中国がとか書くと、ややこしいことになることは言うまでもない。そうした文脈では、中国ではなく北京政府とするほうがはるかに明瞭であろう。

文化は癒しになる

今回のその会議は、日本アジア共同体文化協力機構からのお呼びで「文化」という名詞がついていた。

そもそも文化とはなんだ。そこで私は前日にあった会合「養老の森実行委員会」で聞いた話を伝えることにした。

「養老の森」とは山梨県道志村にあって、地元の大田昌博さんという篤志《とくし》の人が、一年の一定期間は、都会から地方に移り住んではどうかという私の「参勤交代論」に共鳴してくれて、都会の人が来て、山林の空気に触れて、元気になってくれればいいという趣旨で自分の土地を利用して立ち上げたものである。お世辞も含んでいるだろうが、ここに中国からの観光の団体が来て言うには、すでに東京の名所やらトヨタの工場やらを回ってきたが、道志村がいちばんよかったという。

李白と同じで、都会人である中国人が非人間に触れたからだろう。私は勝手にそう解釈して、それを今回の会議で伝えた。森は文化ではない。しかし森に来る人たちがよく言うことだが「癒し」になるという。私は「癒し」という言葉が好きではなかったが、年中それを聞いているうちに、文化と癒しは関係が深いと思うようになった。つまり実社会での生活は、それなりのストレスを与える。特に都市社会の場合には、ストレスが高いであろうことは、日常経験することである。

文化はその「癒し」として機能する。芸術、とくに音楽、絵画などのいわゆるアートは、まさに癒しとして機能している。都市社会が発展するとともに、不要不急の文化芸術が栄えるのは、都市に経済的な余裕があるからだけではなかろう。ストレスの多い社会生活に対する癒しとして、どうしても必要になると思われる。

文化の形が異なるのは、それぞれの文明社会が異なるからで、そう思えば、文化とは政治・経済に代表される実社会の裏面であろう。

その意味では政治・経済と文化とは表裏一体である。実社会の形が違えば、それに応じて文化の形も違ってくる。都市社会ならずとも、田舎にもさまざまな祭りがあって、まさに田舎の文化として継承されている。それは田舎風の暮らし方に対するなんらかの「癒し」になっているに違いない。

文化つまり「癒し」は論理ではなく、何かそれ以外のものである。それ以外のすべてといってもいいかもしれない。

言語自体が文化となる

もう一つ、文化にとって重要なものは、言語であろう。言語自体を文化と称してもいいかもしれないし、言語の特性がその文化のかなりの部分を決める。言語では表現されないものを、何かの形で補完することもあるはずである。

日本におけるマンガやアニメの発達は音訓読みという日本語の特性と絡んでいる。そのことはすでに長く論じたことがある。中国語については、カタコトだと指摘したことがある。単語を並べるだけで、単語に変化がなく、助詞の類がないに等しい。したがって微妙な表現がやりにくいはずである。文字の意味や読み方、並べ方が多様なあまり、ルールの共有が大変なのだ。それを補う「文化」が中国語圏では発達するに違いない。

この稿を書いた後で気が付いた。岡田英弘『漢字とは何か』(藤原書店)である。この中には「文字の国の悲哀——漢字は中国語ではない」という節があり、「中国人には漢字は読めない」「漢字の書物を読むには超人的な能力がいる」など、いささか極端ではないかと思われる表現の項があって、右に述べたようなことが素人の管見ではなく専門家の意見に近いことを知った。

個人的なお付き合いでは中国人は実に愛想がいいと感じることが多い。それを裏返せば、憎らしいときは徹底的に憎らしいはずである。テレビで中国外務省の報道官の談話などを見ていると、なんとも憎たらしい極端な（と思われる）発言をする。表情もそれに伴っているから、ますます憎たらしい。日本語は言葉でそこを多様に表現できるから、あそこまで行かない。その代わりに言葉がわからない、あるいはよく聞いていない相手には、通じないことも多いはずである。

参勤交代のすすめ

平成の参勤交代というヘンなことを私が提唱したのは、いつのことか、忘れてしまった。本人は忘れたけれども、これを気に留めてくださった人たちが若干おられて、農水省からは当時の太田信介農村振興局長が来られ、新しい会議を創るから手伝ってくれと言われた。

それがオーライ！ニッポン会議で、「都市と農山漁村を往来する新たなライフスタイルの普及や定着化を図るため、日本各地で都市と農山漁村の交流を盛んにする活動に積極的に取り組んでいる団体、個人を表彰する」というオーライ！ニッポン大賞が制定され、代表を最初から私が務め、副代表の二人は最初は、語り部の平野啓子さんと静岡県知事の川勝平太さんのお二人、その後川勝さんはふじのくに地球環境史ミュージアム館長をしていらした安田喜憲さんと交代した。

令和三（2021）年で第十八回になっているから、始まったのは十八年前ということになる。あとは個人のレベルで、部分的に「勝手に」実行してくださる方が出た。その後コロナの影響もあって、地方移住が進むという傾向の中で、この話題がなにかと取り上げられる機会も増えた。

本来の意図はこうだった。都市生活に没入することは、身心の健康上あまり好ましくないので、頭と身体のバランスを保つうえで、一年の中で一時期、田舎暮らしをしたらどうか、というものだ。

都市生活者が一日のうちに仕事の後でジムに通うようなことを、もっと時期を集中して田舎でやったらいかがかという提案である。アメリカ映画など見ているとよくジョギングしているが、どうせ走るなら木の手入れなり、農作業なり、役に立つことをしてもいいのでは。それなら田舎に行けばいい。

一方では近年進行している都市化を防止し、地域居住を進める、という狙いもあった。

ひょっとすると、首都直下型地震が来るようなことがあった時に、しばらく避難する場所を確保できるかもしれない。

こういうことが必要な人もいるだろうし、必要としない人もいるであろう。だから具体的にこういうものというような設定ははじめからしていない。それで具体例に賞を出すという形になったと思う。

もともと私の個人的な発想から出た話だから、発展するわけでもなく、消えてなくなっても不思議はないものだったが、事務方を務めてくれたのが農水省というお役所だから、十八年も続いたのだと思う。

最近気が付いたことだが、まったく逆の面から似たような発想をしたのが山崎正和さんだった。サントリー文化財団の顕彰する賞の一つに地域文化賞というのがあって、これは山崎さんの財団発足時からの考えだったことを知った（片山修『山崎正和の遺言』東洋経済新報社）。

例えば、最近では「しかりべつ湖コタン」という、北海道十勝の凍った湖上にコタン（集落）を作るというものが受賞。昭和五十五（1980）年に地元の若者が始めて、今ではホテルや氷上露天風呂、アイスバーにホールまでできているという。

全く逆というのは、山崎さんは文化という面から地域に注目し、私は素直に自然という面から注目したことである。私自身は社会貢献にあまり関心がなく、何もしない代表だったから、サントリー文化財団に関わったにもかかわらず、これに気づくのも遅れた。山崎さんはすでに亡くなったから、丁寧に話を聞けなくなったのは、残念である。

8　ヒト、猫を飼う

まるのプロフィール

まるは雄のスコティッシュ・フォールドで、耳が少し垂れて折り畳まれているのが特徴だ。顔が丸いから「まる」。四肢は短くて太い。娘が奈良のブリーダーからもらってきた。家内は猫があんまり得意ではなく、たまたま旅行で留守にしていた間に、娘がうちに持ってきた。家内との折り合いが心配だったけれど、家内のほうが意外に気に入った。その理由は口がきれいだったから。猫は大体、泥棒をするけれど、まるは食卓に上げても全然食べない。まるの前に飼っていた猫だったら、お手伝いさんがカニサラダを作って後ろにそのお皿を置いて、流しを使ってから振り向いたらカニだけきれいにない、というようなことがよくあった。

前の猫のチロは、引っ越しをしたら一晩は警戒するものの、その次の日には走り回ってネズミを捕って家の中に置いていた。自宅は山の中なので、ヘビもモグラもリスもいる。捕った鳥は食べてしまうから羽根だけが残っていた。そう言えば、この猫は羊羹が大好きだったが、虎屋限定の贅沢なやつだった。

虎屋ファンの猫に比べると、まるは何もしない、ひたすら寝てるだけ。何にもしない猫だから事件もなしで、気が付いたら、十何年も一緒に過ごしていた。うちにはぴったりの猫だったね。家族でよく話す。

夜はその都度勝手に自分で寝る所を決める。私の寝床に入ってくるということもしない。とにかく毛が密なせいか、あんまり寒がりもしない。よく考えてみたら、ずっと日本の猫を飼っていて、洋猫を飼ったのはまるが初めてだった。

どちゃっと座るのが特徴で、娘が「どスコい座り」と言い始めたらいつの間にかそれが定着した。アザラシかオットセイか、どちらも食肉目なので、大きくとらえるとネコと同じ仲間になる。だからアザラシのようになっても不思議はない。ほとんど上からつぶした状態になって寝ていた。

もともと、まるは動かない猫だった。最期にわかったけれど、心臓が悪かったからかもしれない。動きが鈍くて、抱かれるのを好まない。走り回ることもなく事件は起こさないタイプだから、食べ物以外に興味なし。朝起こしに来るのだって、お腹が空くから。何かこちらに働きかけをしてくることはとにかくないから、こちらが常に気に掛ける方になっていた。まるはどうしているか、気にするのはいつもこっち。

仕事の邪魔は大いにしてくれた。要求はしたい時にしてくる。本の上、資料の上に乗るのは当たり前で、パソコンのキーボードの上にも乗る。マウスを持つ右手へ上がって寝るのは日常茶飯事。『小説新潮』（2021年10月号）で、小説家の朝井まかてさんと猫について語った時に聞いたら、あちらのマイケルも同じらしい。うちは「ttttt……って打ってくれる」と言ったら、あちらは「www……だった」と返してくれた。この対談は、自分で言うのもなんだが、しみじみと良いものだった。同じ頃に、朝井さんもマイケルを葬《おく》ったそうだ。

まるがキーボードに乗ってきたら抱き上げる。そうやって、何やかや、やっぱり構うようにしていた。一番喜んだのは食べ物だ。何しろマヨネーズが好きで、それをやると娘が体に悪いというけれど、本人が食べたいと言うんだから、とあげてしまう。しかも、「ベストフーズ」という、アメリカの大きな瓶に入った高価なマヨネーズじゃないと駄目。まるはマヨネーズ好きだと講演で言ったら、親切にキユーピーマヨネーズをくださる方がいたが、それをやっても食べない。猫は結構、好みにうるさい。

とにかく毛の厚い猫だったので、吐き出す毛玉の量はすごかった。おまけに風呂嫌いで、「中に何があるんだろう」と思うのか風呂場までは付いてくるが、中へ入れようとすると逃げる。自分の舌で体をきれいにするから放っておいた。猫の舌を顕微鏡で見るとざらざらで、とんがった乳頭が一面に生えていて面白い。

猫とは一対一の関係

ネコは不思議と、教えなくても、トイレを作ってやればそこへ行く。やり方まで教えないといけないのはサル、人間だ。社会的に最初に矯正されるのはトイレだと、フロイトも言っている。

猫好きの人は「まるはどんなふうに笑いますか」と聞いてくる。最近の脳科学では、喜怒哀楽は「社会的現実」だと言われている。みんなが一致して怒ったり笑ったりするのは、つくられた現実だというのだ。要するに、猫が笑っているかどうかは、こちら側がつくっている。

留守にすると、気になるのもこちら。留守にして帰ってくると、あっちこっちにおしっこをしていたなあ。飼い主がそばにいて当たり前で、日常が乱されるのはとにかくいやだったようだ。餌だけではなく、戸を開けろとか入れろとか、しょっちゅう要求が出るので、要求先がいないと調子が狂うのかもしれない。

編集者やお客さんが来ると、挨拶は無視して反応しないくせに、後で必ず話している場に確認に来た。見ないふりしてそばに来る。

抱かれるのは好きではなかった。束縛されるのを嫌がるのかと思って、抱く必要があるときは腕に乗っけるような感じでできるだけ自然の状態に。でも、大きな猫だから、腕から溢れていた。一番重いときで七・五キロ。やせていたとは決して言えない。

まるは鳥を捕っていたが、まるのようなやる気のない猫に捕られるような鳥は駄目だと思っていた。これぞ真実の自然淘汰で、諦めてもらうしかない。ヤモリもよく食べていたけれど、聞いたら「白身でおいしいよ」とでもまるは言うんじゃないか。でも、猫はしゃべれないからいい。うるさくない。ただ齢をとって変な鳴き方をするようになった。具合が悪くなって声にも影響していたのだろう。

動物のしつけが、私は苦手だ。昔、コスタリカで初めて馬に乗った時に、馬がまず頭を下げて、草を食いだした。まさにこれが道草を食う。次に歩きだしたと思ったら、とっとっとと、自分で勝手に走り回る。そばにある牧場の柵の中で馬が三頭走っていたので交ざろうと思ったらしく柵のところまで、馬に連れていかれるがまま。付いていってくれた男の子が見かねて、手綱を締めろと教えてくれた。「手綱を引き締める」と「道草を食う」という現地の言葉をそれで覚えた。もう一つ、私には動物をしつけることはできないとわかった。

そもそもこちらに社会性がない。その上猫の側にもない。完全に一対一の関係になる。まるからすると、大体が使用人扱い。こちらを構わないし、そもそも用事があるときは呼ぶから構うなの態度である。

まるを見ていると、なぜ人間はそんなに必死になって働くんだろうと考えてしまう。まるは何もする気がないけれど、あれでもいいんだ、人間ってばかだな、まるみたいにして十分、暮らせるのに。

まるは本当に何事にも平等にやる気がなかった。鎌倉の家では縁側にリスが結構来るのだが、なにしろまるはリスがいなくなってから威嚇を始める。一番ひどかったのは、外出して帰って来て、外でまると一緒になって家に入ったとき、近所の野良猫がまるの餌場で餌を食べていたんだけど、その猫がびっくりしてぴゅっと前を通って逃げた。野良猫が玄関から出て行ったあとに、まるが背中を丸めて、ふうって毛を立て始めたが相手は既にいない。タイミングが徹底的にずれていた。一応、怒んなきゃいけないとは思っていたらしい。

まるという、たかがネコ、されど唯一のネコ

家にこもって日々を過ごしているある朝、そんなまるの具合が悪いと家内に起こされた。吐き下しだという。起きて診てみると、なるほど腹がボールのように膨れて、なんだか息が苦しそうである。ちょっと目を離したらそのすきに、家からいなくなってしまった。ネコは死に場所を探していなくなるので、そう思って心配して探しに出たが、見つからない。

東京にいる娘に電話して、心配を伝えると、すぐに来るという。一時間以上私一人で近所を探しても見つからないので、もはやムダとあきらめて、散歩に出た。

家から出てすぐに、タクシーから降りた娘に会って、二人でもう一度探しに出た。しばらくして向かいの家の裏から猫を抱いた娘が出てきた。見つけた娘は泣いていたが、抱き上げるといかにも苦しそうである。それでも見つけた以上はしょうがないから即座に獣医に連れて行った。

腹水が溜まって、胸水も溜まっているという。肝臓にはなにか腫瘍があるということで、腹水の根拠はわかったが、それだけではない。心不全という診断だった。心不全なら当然ながら体中に水が溜まる。腹水を二百cc抜いてもらい、薬をもらって帰宅した。たかがネコ一匹で、家族全員が振り回された一日だった。

その後毎日、猫の心配で何もできない。餌を食べたといっては喜び、外に出ていなくなったと心配する。GPSを付けたらどうかと知人に相談したら、イヌ用の大きいのを送ってくれた。猫に使わなくなったら、私につければいいというのである。そういう魂胆であったかと、つい納得してしまった。

体力がなくなった心不全の猫にこんな大きなGPSはつけられない。私も当面徘徊するつもりはない。だからGPSはとりあえず送り返させていただいた。

小康状態が続いたある日、まるが屋根に出たいという。扉をひっかくから、気持ちはすぐにわかる。二階のベランダから屋根に出すと、いちばん高いところに上がって、横になっている。そこにカラスがやって来て、まるの背中をチョンとつついた。まるは一切抵抗せず、カラスはそのまま去った。これは心理的にショックだった。動物が外敵に抵抗しないということは、もはや人生を諦めたということなのか、見ているほうが辛い。

叱られているような気がします

その秋はテレビ取材が続き、まるが中心だが、まるの具合が悪いので、実質的な内容は鎌倉市内のお寺巡りになってしまった。今日は瑞泉寺、一昨日は覚園寺という具合である。どちらも子どものころに、裏の山から下りてくると寺の庭に出るので、そこで遊んだお寺である。どちらも今では庭がきれいになって、もはや子どもの遊び場にはならないであろう。

というより、戦中戦後の私の子ども時代が特殊な時期だったので、お寺さんの庭はもともと子どもの遊び場ではない。瑞泉寺の庭に至っては、国の史跡名勝となっているから、そこで遊びまくっていた私の少年時代が恵まれていたということになろう。

覚園寺の庭は当時は畑で、ネギだのなんだのを植えた菜園になっていた。当時の菜園の中央に大きな木が生えていて、見慣れない木なので、早速アプリに相談すると、メタセコイアと出た。これが十一月には紅葉しつつあった。隣に明らかにミカンの仲間とわかる木があって、実がなっている。ヘンな形の実なので、調べるとシトロンと出た。家内に訊くと、仏手柑《ぶっしゅかん》でしょ、という。実が仏の手みたいなのだという。恐れ入りました。要するに私の無知である。

メタセコイアは戦後に鎌倉で植えるのが流行したらしい。浄妙寺の裏手に石窯ガーデンテラスというレストランがあって、そこの庭には、巨大なメタセコイアがある。大きく育つ木なので、あたりを睥睨《へいげい》しているように思われる。

後で調べて、日本のあちこちにメタセコイアの並木があると知った。虫がつけばすぐに覚える木だが、日本ではメタセコイアは千万年単位前の昔に絶滅しているので、当然害虫もいないであろう。メタセコイアは日本では絶滅種だが、1946年頃に中国で生木が見つかったという。

覚園寺の庭の奥、きちんと手入れされた杉林の中に、大きな石塔が二つあり、それを歴代住職の墓が囲んでいる。その中に立っていたら、現住職にどんな感じですか、と訊かれた。たいへん良い雰囲気だったが、なんだか叱られているような気がします、と正直に答えたら、私も同じです、とご住職が言われた。でも、と続けておっしゃった。失敗したなとか、気が滅入った時には、元気づけられるように思います。

まさに叱咤激励である。私はとりあえず叱咤されただけ。

瑞泉寺は庭が見所なだけあって、ご住職は私なんか撮るよりも、庭を撮ってください、とおっしゃる。ここの庭にもかつて巨大なユーカリがあって、台風で倒れたはずである。茶室でお茶をいただき、その話をご住職にしたら、自分は知らないけれど、その話は時々聞きます、それで話し手の年代がわかります、といわれた。

万事テキトーに終わればいい

鎌倉では鶴岡八幡宮の大銀杏も先年倒れて、ニュースになった。公暁《くぎょう》が実朝を暗殺するときに隠れたという伝説のある木だったが、この木を見て育ったせいで、巨木が好きなのかもしれない。本当の巨木好みの通には叱られるかもしれないが、巨木の森で記憶にあるのは、青森県十和田湖の近くの蔦《つた》温泉周辺の森である。大学生の頃に、半月滞在して虫を採った。樹種はほとんどブナだったと思うが、日本の巨木はトチが多い。トチは救荒《きゅうこう》作物で、一般の農作物が不作の際に収穫がある。実を食べるので、切らずにおく習わしが日本中にあるらしい。

いま私の部屋には、福井県の山奥で見たトチの巨木の前に立っている自分の写真がある。巨木が好きだから、地方に出張すると巨木を探す。井上靖の『欅《けやき》の木』は好きな作品である。ケヤキの好きな爺さんがいて、主人公の会社社長を引っ張りまわす話だが、巨木というのはヘンな魅力がある。屋久島の縄文杉は言うまでもない。現物を見たところで、だからどうしたというふうなものだが、記憶にただただ残ってしまうのだ。

私が東京大学医学部に勤めていたころ、部屋の目の前がケヤキ並木だった。樹齢は当時八十年と教わったから、いまでは百年を超えた計算になる。並木のすぐ後に新しい研究棟が建ったので、いまはどうなっているか、確かめていない。歳を経るとこういう変化がいちばん嫌で、新しくなった状況を見たくない。ケヤキが切られたり枯れたりしていたら、居ても立っても居られないという気分になる。

結論ではないが、こうして日常をつづってみると、毎日どうやら自然と人間《じんかん》＝世間を自分が往来しているらしいとわかる。普通の人よりも自然を相手にしている時間がやや長いだけであろう。

そんな折、箱根に滞在中に鎌倉の家に電話してみると、まるが前肢で這って歩いているという。後肢が立たなくなったらしい。獣医さんには命旦夕といわれたとのことで、鎌倉に帰ることにした。西湘バイパスを走っているとき電話があった。間に合わなかった。ちょうどテレビの撮影チームもいて、この時の様子は後で放送されていた。

こちらもまると似たようなもので、いつまで普通に暮らせるのか、読めたものではない。そうかといって、残された日々を精一杯頑張ろうなどと思う元気はさらさらない。万事テキトーに終わればいい。

まるはどうしてこの家に来たのか

ネコのおかげで、生死について、ヒトが生きることについて、あれこれ考えるようになった。そもそもどういう縁があって、まるはこの家に来ることになったのか。

それを思うと、すぐに前世の因縁という言葉が浮かぶ。ブータンの仏教は生まれ変わりの仏教である。日本でもネコの生まれ変わりを主題にした小説も最近あると聞いた。ネコはそういうことを考えさせる動物なのかもしれない。日常にあるのである。

諸行無常もすぐに頭に浮かぶ。二十六年前に母親が死んだ。母は九十五歳だったから、まあ亡くなって当たり前、無常を思うほどでもない。昨年は兄を亡くしたが、若いころをあれこれ想い出して当時を偲んだだけだった。昨年は親しかった友人を何人か亡くしたが、日常会っていたわけではないので、ただ追憶するだけである。

まるの病名は拘束型心筋症、調べたら原因は不明とある。なにしろ十九歳だから、ヒトなら九十歳というところ、何が起きても不思議はなかった。天寿であろう。うっかり獣医さんに連れて行って、治療を始めてしまったから、もはや手が抜けなかった。

苦しそうな姿を見ていたときは、治療に連れて行ったのはこちらのワガママかと反省した。完全に治癒するはずはないからである。ヒトの場合なら、生きていてくれるだけでいいという言い方もあるが、本人にしてみれば、苦しいのは私で、アンタじゃないと言い返されるに違いない。死際に、まるはどこへ行こうとしていたのか。ネコは死期を悟るとどこともしれず姿を消すという。象の墓場ともいうが。象なら体が大きいのでわからないではないが、自分の知っている世界から遠ざかって死ぬのはなぜなのだろう。

どこまで治療するか、この辺りは厄介な問題で、ネコのように言葉が通じない相手だと、認知症の患者さんや幼児、そしてその介護者との関係に近くなる。ネコとヒトを一緒にするなと言われても、ヒトと動物をそう理性的に切れるものではない。動物を安楽死させても、法的な問題が起こらないというだけである。

たかがネコ一匹であまり心を煩わすのはよくないとも思うけれども、感情はそう簡単にさばけるものではない。

以前テレビで見た話だが、親とはぐれて溝に落ちていたカモシカの子どもの面倒を見て育て、山に放したところ、このカモシカが昼寝の時間になると帰ってきて、元飼い主と一緒に寝るという。ニホンカモシカは特別天然記念物だから、ややこしいことになるが、この話自体は明るい気持ちのいい話だった。

面倒を見る相手と自分の間に上手に距離を置くのは、なかなか面倒である。医療は特にそうで、あまり患者さんに入れ込むと、医者の側に本来必要な客観性が欠ける恐れがある。先にも触れたように私の母親は小児科医だったが、息子の私の病気を診たことはないのはそのためだ。

医学部を卒業したのに、私自身が臨床を選ばなかったについても、この問題が大きいと思う。若年の私は社会的訓練が不足で、人間関係に対して未熟だったから、患者に死なれることが嫌だったのである。子どもの時から育てたカモシカになつかれてしまうのは仕方がないが、患者さんにあまりなつかれると問題が起こる。私は精神科でよく患者さんになつかれた。それはそれで迷惑なことも多かった。

骨壺をたたいている

犬や猫は、日本でおよそ二千万匹が飼われているとも聞く。それだけの人がいるから、まるの死がニュースになるのだろう。最初に報道した共同通信によると、「わさお」という犬の訃報を過去には流したことがあるという。志村けんさんの動物番組で人気だったそうだ。それなら良いかと記事にしてもらったら、知人から弔電が届いたのである。

猫なんて、役に立つわけではなくて、迷惑をかけるだけの存在のはずだ。でも、多くの人がそんな迷惑をかけるだけの存在を必要としているとも言える。私もその一人だったのだ。だいだいうちのまるときたら動かないし、ネズミを捕れるはずもない。でも、だからこそ、あれでも生きているよ、いいんだよねと思える。

体重四キロちょっとの存在なのに、そう思わせてくれていた。これだけ飼っている人が多いのは、役に立つか儲かるかといった存在ばかりが重視される社会で、実際の人間関係の辛さの裏返しではないかと思う。そういう存在にどれだけ心を癒されているのか。

生前は、よく寝ていた縁側をふっと見るとやっぱりそこで寝ているもんだから、それでこちらの気が安まった。今はそれがないので、いるつもりになるしかない。まるの定位置を見てしまう癖が一番抜けない。おまけに、寝ているまるの頭をたたく癖があった。

でもまるはもういない。しょうがないから、今はお骨をたたいている。家内は、私の骨壺と一緒に埋めようと思っているらしく、まるの骨壺を身近に置いている。

まるという猫はなんだったのか。いなくなっても、距離感や関係性は変わらない。今も、いつもの縁側の窓辺にまるがいそうな気がする。頭をたたいて「ばか」と言えるのはまるだけだった。それがもう口癖だったので、もし再会できたとしたら「ばか」と言ってやろうと思う。

享年十八。でも私は聞かれたら十九歳でしたと言う。十九歳まで生きて欲しかったから。

諸行無常である。生きていたら必ず死ぬ、別れは仕方がない。でも、うっかりネコが欲しいとか言うと、持ってきてしまう人がいるからうかつには言わないようにしている。こちらは寿命がないので、次こそどっちが先かわからないのだ。

あとがき

コロナの時期に、この本を書くことになった。普段なら、言いたいことがたまって、それを吐き出すように本にするのだが、今回は珍しく日常生活と同時進行みたいな内容になった。たまったものがないから、そうなったのである。

この「あとがき」を書いているのは令和三（２０２１）年十一月初めで、拙著『バカの壁』が四百五十万部を超えたと知らされた。なぜ売れたかと考えるが、よくわからない。ただ最近になって思うのだが、それだけ多くの人が読んでくださるというのは、読者にあまり抵抗感がないのではないか。つまり内容が常識的なのだと思う。『バカの壁』の内容に関しては、強い批判もなく、あまり明確な感想を聞くこともなかった。ある先輩に「あんたの書くことくらいはだれでも考えているんだよ。ただ表現能力がないだけだ」といわれた。

そうかもしれないな、と思う。学者の世界では「新しい」発見が重視される。私はべつに「新しい」考えを提出したいなんて思っていなかった。なにを考えていたかというと、こうした学者の世界とくに自然科学の研究で当然とされる考え方と、日常の生活での考え方のズレがなんとも気になっていた。そのズレが「考える」ための動機になっていたと思う。大学での研究生活を辞めてもはや三十年近くになるから、その動機は消えたに近い。ただ社会の中で、その種のズレは相変わらず存在している。そこが気になって、それで本が書けるのである。

明治維新以来、日本社会は徹底的に欧米化を進めてきた。そういうことがはたして可能なのか。それは最近になって思うことである。そうした社会の傾向の中で、自分で考え、考えの中でなんとか折り合いをつけようとして努力してきた。その結果の一つが『バカの壁』だったのである。その意味の苦労は日本人なら誰でもしてきたことであろう。だから本が売れたのではないだろうか。「安心しました」とか、「ホッとしました」という感想を多くいただいたが、「母娘喧嘩が解消しました」というのもあった。母に代表される「古い」日本型の考え方と、娘が代表する「新しい」欧米型の考え方のズレが意識され、解消されたのかもしれないと思う。

欧米流の考え方がダメだとか、間違っているとか、正面から論じたことはない。それで良い回答ができるくらいなら、本を書く動機がない。要はどう折り合いをつけるか、なのである。

折り合いなんだから、中途半端に決まっている。それでは立派な論考にはなりようがない。

いくら本を書いても、次から次へと考えるべき問題が生じてくる。このストレスは死ぬまで止まらないなと感じている。

本書は、月刊『新潮』2020年7月号から12月号、2021年2月号の「コロナの認識論」連載、朝日新聞への寄稿2020年5月12日「人生は本来 不要不急」（その後、朝日新書『コロナ後の世界を語る 現代の知性たちの視線』に収録）、2021年9月18日「システムから見た五輪」を大幅に加筆修正したものです。

養老孟司　1937（昭和12）年、神奈川県鎌倉市生まれ。62年東京大学医学部卒業後、解剖学教室へ。95年東京大学医学部教授を退官、現在同大学名誉教授。著書に『からだの見方』、『唯脳論』、『バカの壁』の壁シリーズなど多数。

Ⓢ新潮新書

933

ヒトの壁《かべ》

著　者　養老孟司《ようろうたけし》

2021年12月20日　発行
2022年２月15日　５刷

発行者　佐藤隆信

発行所　株式会社 新潮社

〒162-8711　東京都新宿区矢来町71番地
編集部（03）3266-5430　読者係（03）3266-5111
https://www.shinchosha.co.jp
装幀　新潮社装幀室
組版　新潮社デジタル編集支援室

印刷所　錦明印刷株式会社

製本所　錦明印刷株式会社

ISBN978-4-10-610933-1　C0240

価格はカバーに表示してあります。